STAR WARS™

DIE RÜCKKEHR DER JEDI-RITTER

Text: Archie Goodwin
Zeichnung: Al Williamson und
Carlos Garzon
Farbe: Cary S. Porter

CARLSEN VERLAG

CARLSEN COMICS
Lektorat: Uta Schmid-Burgk, Andreas C. Knigge, Marcel Le Comte
1. Auflage September 1995

Aus dem Amerikanischen von Uwe Anton
Published originally under the title RETURN OF THE JEDI by Marvel Comics,
New York, presently published by Dark Horse Comics, Inc., Milwaukie, OR

Umschlagzeichnung: Adam Hughes

Redaktion: Jens R. Nielsen
Lettering: Gerhard Förster
Druck und buchbinderische Verarbeitung:
Westermann Druck Zwickau GmbH

ISBN 3-551-72146-7
Printed in Germany

VOR LANGER ZEIT, IN EINER WEIT, WEIT ENTFERNTEN GALAXIE...

Luke Skywalker ist auf seinen Heimatplaneten Tatooine zurückgekehrt, um seinen Freund Han Solo den Klauen des üblen Gangsters Jabba der Hutt zu entreißen.

Luke ahnt nicht, daß das GALAKTISCHE IMPERIUM im geheimen mit dem Bau einer neuen, bewaffneten Raumstation begonnen hat – tödlicher noch als der gefürchtete erste Todesstern.

Mit dieser absoluten Waffe naht das sichere Ende für die kleine Schar von Rebellen und ihren Kampf um die Freiheit der Galaxis...

KURZ DARAUF VERLÄSST DIESER PASSAGIER DAS BEIBOOT IN EINEM HANGAR DER TEILWEISE FERTIGGESTELLTEN KAMPFSTATION. DAS HOHLE KRÄCHZEN SEINER ATEMMASKE UNTERMALT JEDEN SEINER SCHRITTE.
LORD VADER, EUER BESUCH EHRT UNS. WELCH UNERWARTETES VERGNÜGEN.
SPAREN SIE SICH DIE FLOSKELN. ICH BIN HIER, UM DAFÜR ZU SORGEN, DASS DER BAU DIESES TODESSTERNS WIE GEPLANT ABGESCHLOSSEN WIRD!
ICH VERSICHERE IHNEN, LORD VADER, MEINE MÄNNER ARBEITEN, SO SCHNELL SIE KÖNNEN. ICH SAGE IHNEN, DIE STATION WIRD WIE GEPLANT EINSATZBEREIT SEIN.
LEIDER BEURTEILT DER IMPERATOR DIE SITUATION NICHT GANZ SO OPTIMISTISCH. VIELLEICHT STEHEN MIR DIE GEEIGNETEN MITTEL ZUR VERFÜGUNG, SIE NOCH MEHR ANZUSPORNEN.
ABER ER VERLANGT UNMÖGLICHES. DAZU BRAUCHE ICH MEHR MÄNNER.
DANN KÖNNEN SIE IHM DAS VIELLEICHT PERSÖNLICH SAGEN, WENN ER HIER ANKOMMT.
DER IMPERATOR KOMMT HIERHER? WIR VERDOPPELN UNSERE BEMÜHUNGEN!
DAS WILL ICH HOFFEN, COMMANDER. UM IHRETWILLEN. DENN DER IMPERATOR VERZEIHT NICHT SO LEICHT, WIE ICH ES TUE!

DURCH DIE FLIMMERNDE HITZE VON TATOOINES DOPPELSONNE BEGEBEN SICH ZWEI GESTALTEN ZU EINEM MASSIVEN GEBILDE, DAS SICH IN DER EINÖDE AUS SAND UND FELS ERHEBT – DIE KLEINERE MIT RUHIGER ENTSCHLOSSENHEIT...
... DIE GRÖSSERE SCHON WESENTLICH ZÖGERNDER.
NATÜRLICH MACH ICH MIR SORGEN, UND DU SOLLTEST DIR AUCH WELCHE MACHEN. LANDO CALRISSIAN KAM AUS DIESER BURG NICHT RAUS!
DA WÄRE ICH MIR GAR NICHT SO SICHER. WENN ICH DIR NUR DIE HÄLFTE DESSEN ERZÄHLEN WÜRDE, WAS MIR ÜBER JABBA ALLES ZU OHREN GEKOMMEN IST, WÜRDEST DU WAHRSCHEINLICH AUF DER STELLE EINEN KURZSCHLUSS KRIEGEN.
ZU SCHNELL FÜR DEN PROTOKOLL-DROIDEN ERREICHEN SIE DAS TOR DER FESTUNG...
ABER ES SCHEINT NIEMAND HIER ZU SEIN. GEHEN WIR LIEBER UND SAGEN MASTER LUKE BESCHEID.
BITTA-DA WHOOOT!
TEE CHUTA HHAT YUDD!
ACH DU MEINE GÜTE! ERZWOA-DEZWOA ... OH ... CEDREI-PEOA EH TUTA OMISCHKA JABBA DU HUTT.
ICH GLAUBE NICHT, DASS DIE UNS REINLASSEN, ERZWO. LASS UNS LIEBER WIEDER GEHEN.

DOCH ALS DREIPEO SICH ABWENDET, HEBT DAS SCHWERE TOR SICH POLTERND, UND ERZWO-DEZWO ROLLT IN DIE DUNKELHEIT...
...IN DER JEMAND WARTET...
WIR HABEN EINE BOTSCHAFT FÜR DEINEN HERRN ... JABBA.
BUH-DIETA KLIK WHRRRRT!
...UND EIN GESCHENK. WAS FÜR EIN GESCHENK?
NEE JABBA NO BADDA. ME CHAADE SU GOODIE.
FRIIET WA-DUHT!
ES TUT MIR SCHRECKLICH LEID... ABER ER SAGT, MAN HAT UNS BEAUFTRAGT, DIE BOTSCHAFT NUR JABBA PERSÖNLICH ZU ÜBERGEBEN.
DER GROSSGEWACHSENE ADJUTANT DES GALAKTISCHEN UNTERWELTFÜHRERS FUNKELT DIE DROIDEN DÜSTER AN... UND BEDEUTET IHNEN DANN, IHM ZU FOLGEN.
ICH BEDAURE DAS WIRKLICH SEHR. ABER ERZWO IST IN DIESER HINSICHT DICKKÖPFIG. ERZWO! MICH BESCHLEICHT EIN...
...AUSSERORDENTLICH UNANGENEHMES GEFÜHL...
„NIRGENDWO WIRST DU MEHR ABSCHAUM UND VERKOMMENHEIT VERSAMMELT FINDEN ALS HIER." OBI-WAN KENOBIS WORTE SPRINGEN DURCH DREIPEOS GEDÄCHTNISSPEICHER. SIE GALTEN DEM RAUMHAFEN MOS EISLEY, TREFFEN ABER NOCH VIEL MEHR AUF DIE ENGE, LAUTE KAMMER ZU, IN DIE DIE DROIDEN GEFÜHRT WERDEN...
... DEM THRONSAAL VON JABBA DER HUTT.
GUTEN MORGEN!

UND EIN BLICK IN DIE UNGEDULDIGEN AUGEN DES WESENS, ZU DEM ER UND SEIN GEFÄHRTE GESCHICKT WURDEN, TRÄGT NICHT DAZU BEI, DIESES GEFÜHL ZU BESEITIGEN !
BO SHUDA !

BO SHUDA!
DIE BOTSCHAFT, ERZWO. NA LOS! DIE BOTSCHAFT!
DER KLEINE DROID PROJIZIERT EINEN LICHTSTRAHL AUS SEINEM RUNDEN KOPF...
... UND DARAUS ERHEBT SICH EIN GROSSES HOLOGRAMM.
SEID GEGRÜSST, ERHABENER JABBA! GESTATTET MIR, MICH VORZUSTELLEN. ICH BIN LUKE SKYWALKER, JEDI-RITTER UND EIN FREUND VON CAPTAIN SOLO.
ICH WEISS, DASS IHR GROSS UND MÄCHTIG SEID, ERLAUCHTER JABBA, UND DASS EUER ZORN AUF SOLO ENTSPRECHEND GROSS SEIN MUSS.
DIE VORSTELLUNG RUFT BEI DEN MEISTEN ANWESENDEN GELÄCHTER UND GEKICHER HERVOR ... ABGESEHEN VON EINER PERSON, DIE ES SICH ZUR GEWOHNHEIT GEMACHT HAT, EINEN GEGNER NIE ZU UNTERSCHÄTZEN ... DEM KOPFGELDJÄGER BOBA FETT.
DAHER ERSUCHE ICH EUCH UM EINE AUDIENZ. ES GEHT MIR UM SOLOS LEBEN. AUFGRUND EURER WEISHEIT KÖNNEN WIR SICHER EIN ABKOMMEN TREFFEN, WELCHES FÜR UNS BEIDE VON VORTEIL SEIN WIRD. ALS ZEICHEN MEINES GUTEN WILLENS HABE ICH EIN GESCHENK FÜR EUCH...
DIESE BEIDEN DROIDEN HIER. BEIDE SIND SEHR ZUVERLÄSSIG. IHR WERDET ZUFRIEDEN SEIN.
WAS HAT ER DA GESAGT? DAS DARF DOCH NICHT WAHR SEIN! ERZWO, DU HAST DIE FALSCHE BOTSCHAFT ABGESPIELT!
DAS HÄSSLICHE KICHERN, DAS AUS JABBAS UNGLAUBLICHER KÖRPERMASSE DRINGT, IST GENAUSOWENIG ERMUTIGEND...

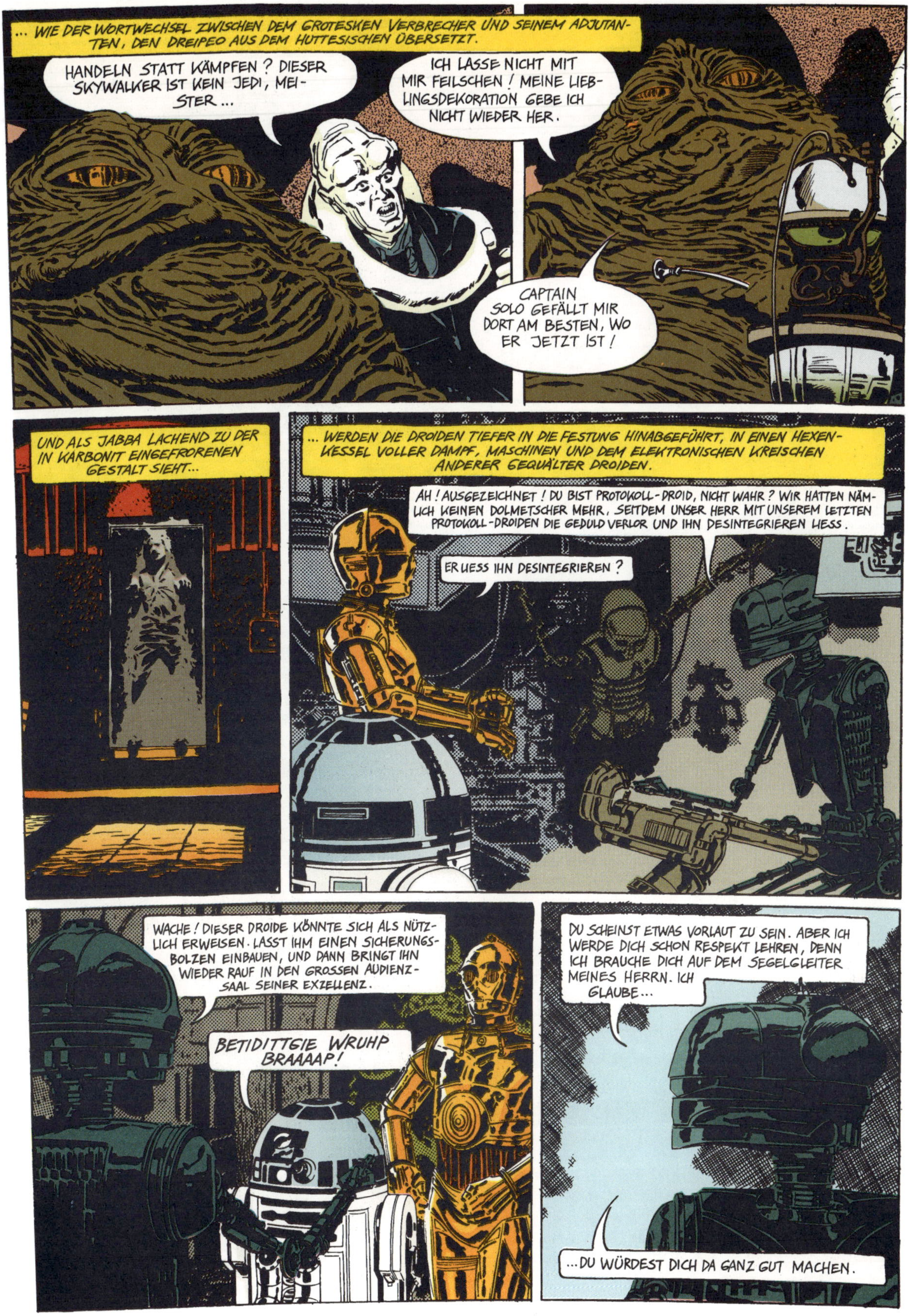
... WIE DER WORTWECHSEL ZWISCHEN DEM GROTESKEN VERBRECHER UND SEINEM ADJUTANTEN, DEN DREIPEO AUS DEM HUTTESISCHEN ÜBERSETZT.
HANDELN STATT KÄMPFEN ? DIESER SKYWALKER IST KEIN JEDI, MEISTER ...
ICH LASSE NICHT MIT MIR FEILSCHEN ! MEINE LIEBLINGSDEKORATION GEBE ICH NICHT WIEDER HER.
CAPTAIN SOLO GEFÄLLT MIR DORT AM BESTEN, WO ER JETZT IST !
UND ALS JABBA LACHEND ZU DER IN KARBONIT EINGEFRORENEN GESTALT SIEHT...
... WERDEN DIE DROIDEN TIEFER IN DIE FESTUNG HINABGEFÜHRT, IN EINEN HEXENKESSEL VOLLER DAMPF, MASCHINEN UND DEM ELEKTRONISCHEN KREISCHEN ANDERER GEQUÄLTER DROIDEN.
AH ! AUSGEZEICHNET ! DU BIST PROTOKOLL-DROID, NICHT WAHR ? WIR HATTEN NÄMLICH KEINEN DOLMETSCHER MEHR, SEITDEM UNSER HERR MIT UNSEREM LETZTEN PROTOKOLL-DROIDEN DIE GEDULD VERLOR UND IHN DESINTEGRIEREN LIESS.
ER LIESS IHN DESINTEGRIEREN ?
WACHE ! DIESER DROIDE KÖNNTE SICH ALS NÜTZLICH ERWEISEN. LASST IHM EINEN SICHERUNGSBOLZEN EINBAUEN, UND DANN BRINGT IHN WIEDER RAUF IN DEN GROSSEN AUDIENZSAAL SEINER EXZELLENZ.
BETIDITTGIE WRUHP BRAAAAP!
DU SCHEINST ETWAS VORLAUT ZU SEIN. ABER ICH WERDE DICH SCHON RESPEKT LEHREN, DENN ICH BRAUCHE DICH AUF DEM SEGELGLEITER MEINES HERRN. ICH GLAUBE...
...DU WÜRDEST DICH DA GANZ GUT MACHEN.

ALS DREIPEO BRUTAL IN DEN THRONSAAL ZURÜCKGEZERRT WIRD, FINDET DORT EINE AUSGELASSENE FEIER STATT. UND DER NERVÖSE DROID ERFÄHRT, WIE SCHNELL DIE STIMMUNG SEINES NEUEN HERRN UMSCHLÄGT, ALS DER TANZ EINER SKLAVIN JABBAS AUFMERKSAMKEIT ERREGT...
DA EITHA!
... ABER NICHT SEIN WOHLWOLLEN!
NA CHUBA NEGATORIE... NA! NA! NATUHTA!
BOSCKA!
EIN WORT DES HUTTS UND PLÖTZLICH...
... VERSCHWINDET DER BODEN UNTER DER TÄNZERIN!
DIE FALLTÜR SCHLIESST SICH WIEDER, UND ZUR OBSZÖNEN ERHEITERUNG DER BUNTEN MENGE ERTÖNT UNTER IHNEN EIN LAUTES KNURREN ...
... GEFOLGT VON EINEM SCHRECKLICHEN SCHREI!
KAUM HABEN SICH DREIPEOS SCHALTKREISE VON DIESEM SCHOCK ERHOLT, ALS DIE GESELLSCHAFT VERSTUMMT, WEIL IN JABBAS REICH NEUANKÖMMLINGE EINTREFFEN...
O NEIN...!

... CHEWBACCA!
IN DEN HÄNDEN EINES KOPFGELDJÄGERS, DER MIT SELTSAMER, ELEKTRONISCH VERSTÄRKTER STIMME DIE BELOHNUNG FÜR SEINEN FANG FORDERT.
EIN ANSINNEN, DAS DREIPEO SEINEM ALLES ANDERE ALS BEGEISTERTEM HERRN ÜBERSETZEN MUSS.
FÜNFZIGTAUSEND? FÜNFZIG? SAG IHM, ER BEKOMMT NUR FÜNFUNDZWANZIGTAUSEND, DROID...
... UND SEIN LEBEN!
NERVÖS ÜBERMITTELT DER PROTOKOLL-DROID DIE DROHUNG. EINEN GESPANNTEN AUGENBLICK LANG SCHWEIGT DER KOPFGELDJÄGER. DANN...
SAG DIESEM AUFGEBLÄHTEN MÜLL-SACK, DASS ER MIR SCHON EIN BESSERES ANGEBOT MACHEN MUSS...
... ODER ER KANN SEINE STINKENDE HAUT AUS ALLEN VIER ECKEN DIESES RAUMS KRATZEN! ICH HABE EINEN THERMAL-DETONATOR!
WAS HAT ER GESAGT, DROID? RAUS DAMIT!
ACH DU MEINE GÜTE! EUER DURCHLAUCHT, ER... ÄH... LEHNT EUER ANGEBOT RESPEKTVOLL AB UND BITTET EUCH, ES ZU... ÄH... ÜBERDENKEN...
... WEIL ER EINEN THERMALDETONATOR IN DER HAND HÄLT!

DIE FEIERNDEN ZIEHEN SICH HEKTISCH AN DIE WÄNDE DES THRONSAALS ZURÜCK. JABBA SCHAUT FEINDSELIG DREIN ... UND LACHT DANN!
DIESER FURCHTLOSE KOPFGELDJÄGER IST EIN HALUNKE NACH MEINEM GESCHMACK. SAG IHM, FÜNFUNDDREISSIGTAUSEND ... UND ICH WÜRDE IHM RATEN, DIESES ANGEBOT ANZUNEHMEN.
ERLEICHTERUNG ERFÜLLT DEN RAUM ... ALS DER KOPFGELDJÄGER NICKT ...
FEIERE MIT UNS, MEIN FREUND! VIELLEICHT FINDE ICH WEITERE ARBEIT FÜR DICH!
ERNEUT ERKLINGT LAUTE, LÄRMENDE MUSIK, UND UNTER DEM HÖHNISCHEN GESCHREI DER FEIERNDEN WIRD DER GEFANGENE WOOKIE ABGEFÜHRT. ALLE STARREN IHN FEINDSELIG AN ...
... MIT EINER AUSNAHME VIELLEICHT.
NACHT. IM THRONSAAL VON JABBAS FESTUNG HERRSCHT STILLE. DIE PARTY IST SCHON LÄNGST VORBEI. NUR SCHATTEN BLEIBEN.
UND DANN HUSCHT EINER DAVON ZU EINEM KARBONITBLOCK IN EINER DÜSTEREN NISCHE ...

VERSTOHLEN WIRD EIN KRAFTFELD AUSGESCHALTET. DER BLOCK SENKT SICH, UND DER PROZESS, DER IN DER KOHLENSTOFF-GEFRIER-ANLAGE IN DER WOLKENSTADT DES SYSTEMS BESPIN BEGANN...
... WIRD ENDLICH RÜCKGÄNGIG GEMACHT. UND EIN GEFANGENER, DER VON EINEM KOPFGELDJÄGER, BOBA FETT, ABGELIEFERT WURDE, WIRD VON EINEM ANDEREN BEFREIT.
ICH KANN NICHTS SEHEN...
PSST. DU LEIDEST NOCH AN DEN NACHWIRKUNGEN DEINES LANGEN WINTERSCHLAFS. DU WIRST BALD WIEDER RICHTIG SEHEN. SCHNELL... BEEILEN WIR UNS!
ICH GEHE NIRGENDWOHIN. WER SIND SIE ÜBERHAUPT?
EIN HELM WIRD ENTFERNT, UND EINE NICHT MEHR ELEKTRONISCH VERZERRTE STIMME FÄHRT VOLLER WÄRME FORT...
JEMAND, DER DICH LIEBT...
ABER WIR SIND IN JABBAS PALAST. KOMM MIT... ICH HOL DICH JETZT HIER RAUS.
SIE WENDEN SICH AB. DER CORELLIANISCHE SCHMUGGLER MUSS SICH VON DER REBELLENFÜHRERIN UND PRINZESSIN DES LÄNGST VERNICHTETEN PLANETEN ALDERAAN STÜTZEN LASSEN. PLÖTZLICH ÖFFNET SICH EIN VORHANG...
... UND SPÖTTISCHES GELÄCHTER ERKLINGT...
WAS FÜR EIN RÜHRENDER ANBLICK! HAN, MEIN JUNGE, DEIN GESCHMACK FÜR GEFÄHRTEN HAT SICH GEBESSERT... DEIN GLÜCK ABER NICHT.

BALD STEHEN DIE BEIDEN VOR JABBAS THRON...
HÖR ZU, JABBA. WIE ICH DIR GERADE DEIN GELD BRINGEN WOLLTE, WURDE ICH AUFGEHALTEN. ...NICHT MEINE SCHULD. ICH BEZAHLE DAFÜR DAS DREIFACHE. SEI DOCH KEIN IDIOT, UND...
DAFÜR IST ES JETZT ZU SPÄT, SOLO. DU WARST VIELLEICHT MAL EIN GUTER SCHMUGGLER, ABER JETZT BIST DU NUR NOCH BANTHA-FUTTER!
FÜHRT IHN AB! STECKT IHN ZU DEM WOOKIE. ICH ENTSCHEIDE SPÄTER, WIE WIR IHN UMBRINGEN. UND SEINE GEFÄHRTIN... BRINGT SIE ZU MIR!
VON DEN BEIDEN WACHEN NEBEN PRINZESSIN LEIA ZÖGERT EINE, SCHEINT DEN BEFEHL VERWEIGERN ZU WOLLEN...
ICH KOMME SCHON KLAR.
DA BIN ICH MIR NICHT SO SICHER.
DER GEFLÜSTERTE WORTWECHSEL BLEIBT UNBEMERKT, UND LEIA WIRD IN DIE ARME DES UNTERWELTBOSSES GESCHOBEN.
WIR HABEN MÄCHTIGE FREUNDE! DAS WIRD DIR NOCH LEID TUN!
DAS WERDEN WIR JA SEHEN! ABER BIS DAHIN WERDE ICH DAS VERGNÜGEN DEINER GESELLSCHAFT GENIESSEN!
OH! ICH KANN DAS GAR NICHT ANSEHEN!
ANDERSWO WIRD KNARREND EINE KERKERTÜR GEÖFFNET... ES KOMMT ZU EINEM WIEDERSEHEN...
VOROWWWRR666!
IST JA SCHON GUT! ICH KANN NUR NICHTS SEHEN, KUMPEL.
WAS IST HIER EIGENTLICH LOS?

BELLEND UND KNURREND BRINGT DER KOPILOT DES MILLENNIUM FALKEN SEINEN PARTNER AUF DEN NEUESTEN STAND!
LUKE! LUKE IST IRRE! DER KANN JA NICHT MAL AUF SICH SELBST AUFPASSEN! WIE WILL ER DA JEMAND ANDERS RETTEN, CHEWIE? ER IST JETZT EIN JEDI-RITTER? HA!
KAUM BIN ICH 'NE WEILE AUSSER GEFECHT, DA WERDEN PLÖTZLICH ALLE GRÖSSENWAHNSINNIG! BERUHIGE DICH, KUMPEL! ICH BIN WIEDER IN ORDNUNG.
ER KOMMT. ALLEIN. UNBEWAFFNET.
UND DIE NORMALEN SICHERHEITSVORKEHRUNGEN DER FESTUNG KÖNNEN SEINE ANKUNFT NICHT VERHINDERN.
DU WIRST MICH JETZT ZU JABBA BRINGEN. DU BIST DEINEM HERRN EIN GUTER DIENER. DU WIRST DAFÜR BELOHNT WERDEN.
ICH WERDE DICH JETZT ZU JABBA BRINGEN. ICH BIN MEINEM HERRN EIN GUTER DIENER. ICH WERDE DAFÜR BELOHNT WERDEN.
LUKE SKYWALKERS ERSCHEINEN IM THRONSAAL FÜHRT ZU TUMULTEN. DOCH ER BLEIBT RUHIG ... AUCH, ALS ER DEN ERSATZ FÜR JABBAS ERMORDETE TÄNZERIN SIEHT...
ICH HABE DOCH BEFOHLEN, IHN NICHT HIER REINZULASSEN! BIB FORTUNA, DU SCHWACHSINNIGER TOR!
ER BENUTZT EINEN ALTEN TRICK DER JEDI-RITTER, IHRE MAGISCHEN KRÄFTE! ABER BEI MIR WIRKEN KEINE MENSCHLICHEN GEDANKENMUSTER! ICH TÖTETE SCHON JEDIS, ALS SIE NOCH MÄCHTIG WAREN!
WIE DEM AUCH SEI ... ICH NEHME JETZT SOLO UND SEINE FREUNDE MIT. WIDERSETZT DU DICH, WIRD ES DEIN UNTERGANG SEIN. DU HAST DIE WAHL, JABBA, ABER ICH WARNE DICH! UNTERSCHÄTZE NIEMALS MEINE KRÄFTE!

DER HUTT LACHT NUR LAUT UND FEIST...
MIT SOLCHEN TRICKS ERREICHST DU NICHTS BEI MIR! DEIN TOD WIRD MIR EIN VERGNÜGEN SEIN!
MASTER LUKE! IHR STEHT AUF EINEM...
EINE GESTE. PLÖTZLICH FLIEGT EIN BLASTER AUS DEM HALFTER EINER WACHE IN LUKES HAND!
DOCH BEVOR ER IHN BENUTZEN KANN...
BOSCKA!
...VERSCHWINDET DER BODEN UNTER IHM!
LUKE!
DURCH EIN GITTER KANN MAN OBEN BEOBACHTEN UND GENIESSEN...
...WAS ACHT METER UNTERHALB GESCHIEHT.
LUKE ERHEBT SICH UND WIRFT SEINEN MANTEL AB, ALS KNARREND EIN GITTER IN EINER SEITENWAND DER HÖHLE HOCHFÄHRT... UND ETWAS VORWÄRTS SPRINGT!

EIN RANCOR! EIN UNERSÄTTLICHER FLEISCHFRESSER. DIE HAUT UNDURCHDRINGLICH FÜR BLASTERFEUER. BISLANG HIELT LUKE SOLCHE GESCHÖPFE FÜR LEGENDEN, SCHRECKGESPENSTER, MIT DENEN DIE FEUCHTFARMER VON TATOOINE IHREN KINDERN ANGST EINJAGEN. ABER DIESES UNGEHEUER IST NUR ALLZU WIRKLICH!
UND WÄHREND DAS PUBLIKUM ÜBER IHN ERFREUT GRÖHLT, TREIBT DAS UNGETÜM LUKE TROTZ DESSEN JEDI-TRAINING SCHNELL IN DIE ENGE.
DOCH ALS DIE KLAUEN DES RANCORS VORWÄRTS SCHIESSEN, UM IHN ZU ERGREIFEN...
... FINDET ER EINE WAFFE!
DAMIT STICHT, HÄMMERT UND STÖSST ER...
... UND TREIBT SIE DEM RANCOR INS MAUL! VOR SCHMERZ LÄSST IHN DAS UNGEHEUER FALLEN... DOCH LUKE HAT SICH EINEN KURZEN AUFSCHUB VERSCHAFFT!
ER NUTZT DIE GELEGENHEIT UND STÜRMT ZU DEM TOR, DURCH DAS DAS GESCHÖPF GEKOMMEN IST.

DOCH HINTER DER PFORTE IST IHM DER WEG VERSPERRT... UND DIE SCHALTER, MIT DENEN MAN DAS TOR SCHLIESSEN KANN, BEFINDEN SICH HINTER DEM GITTER. VOR WUT SCHNAUBEND, SETZT DER RANCOR IHM NACH...
... ABER LUKE WIRFT EINEN SCHÄDEL, DEN ER VOM HÖHLENBODEN AUFGEHOBEN HAT...
... ER TRIFFT DEN SCHALTER, UND DAS SCHWERE TOR SENKT SICH DONNERND AUF DEN KOPF DES UNGETÜMS !
DER RANCOR STIRBT...
... DOCH DER TRIUMPH WÄHRT NUR KURZ. ERZÜRNTE WACHEN ERGREIFEN LUKE UND FÜHREN IHN ZU JABBA. HAN UND CHEWBACCA WARTEN DORT BEREITS AUF IHN...
OJE. SEINE ALLERDURCHLAUCHTIGSTE HOHEIT, DER GROSSE JABBA, HAT BESCHLOSSEN, DASS IHR DEM TOD ÜBERANTWORTET WERDEN SOLLT. UNVERZÜGLICH. ZU DIESEM ZWECK WERDET IHR JETZT ZUM SANDMEER GEBRACHT UND DORT IN DIE GRUBE VON CARKOON GEWORFEN...
HÖRT SICH GAR NICHT SO ÜBEL AN.
... DEN SCHLUND DES MÄCHTIGEN SARLACC ! IN SEINEM LEIB WERDET IHR UNVORSTELLBARE QUALEN ERLEIDEN... WÄHREND IHR TAUSEND JAHRE LANG ALLMÄHLICH VERDAUT WERDET.
DAS WOLLEN WIR DOCH WOHL LIEBER LASSEN, HE ?
DU HÄTTEST VERHANDELN SOLLEN, JABBA ! DAS IST DER FEHLER DEINES LEBENS !
SAG DAS DEM SARLACC, JUNGER JEDI ! FÜHRT SIE AB !

DAS SANDMEER! EIN BEIBOOT GLEITET ÜBER DIE GRUBE VON CARKOON, FORT VON DEM GROSSEN SEGELGLEITER. FÜR DIE PASSAGIERE DES SEGELGLEITERS IST ES EINE VERGNÜGUNGSFAHRT...
... FÜR DREI PERSONEN AUF DEM BEIBOOT... DIE ALLERLETZTE!
ICH GLAUB, MEINE AUGEN WERDEN WIEDER BESSER. ANSTELLE VON DUNKLEN SEHE ICH JETZT HELLE FLÄCHEN!
HIER IST GAR NICHTS ZU SEHEN. ICH HAB FRÜHER HIER GELEBT.
AN BORD DES SEGELGLEITERS STEIGT DIE ERWARTUNG... UND BEI EINIGEN DIE BESORGNIS!
BLEIB GANZ IN MEINER NÄHE, MEINE SCHÖNE! NACH DIESEM KLEINEN SCHAUSPIEL WIRST DU MICH BALD ZU SCHÄTZEN WISSEN.
ERZWO! WAS SOLL DAS? DASS DU HIER GETRÄNKE SERVIERST, SEHE ICH AUCH. ABER WIR SIND IN GEFAHR!
SIE WERDEN MASTER LUKE EXEKUTIEREN... UND UNS AUCH, WENN WIR NICHT ÄUSSERST VORSICHTIG SIND!
ICH WILL JA NICHT UNDANKBAR SEIN, LUKE, ABER WENN DAS DEIN GROSSER PLAN IST, BIN ICH NICHT SEHR BEGEISTERT!
JABBAS PALAST WAR ZU GUT BEWACHT. ICH MUSSTE DICH DORT RAUSSCHAFFEN. HALTE DICH NUR AN CHEWIE! ICH HABE ALLES GENAU GEPLANT.
SO? GROSSARTIG!
UND UNTER IHNEN... RÜHRT SICH DER SARLACC!

OPFER DES ALLMÄCHTIGEN SARLACC! SEINE EXZELLENZ HOFFT, DASS IHR EHRENHAFT STERBEN WERDET! DOCH SOLLTE EINER VON EUCH UM GNADE BITTEN WOLLEN, IST DER GROSSE JABBA GENEIGT, EUCH ANZUHÖREN!
CHEWIE... STEHE ICH AUCH RICHTIG?
DREIPEO! SAG DIESEM SCHLEIMIGEN, WURMZERFRESSENEN MOLCH, KEIN EINZIGER VON UNS WINSELT UM GNADE!
JABBA! DAS IST DEINE LETZTE CHANCE! BEFREI UNS... ODER STIRB!

DAS WERDEN WIR JA SEHEN, JUNGER JEDI! BRINGT IHN IN POSITION!
GELÄCHTER ERFÜLLT DEN SEGELGLEITER ... UND LÄSST DIE GEFANGENE LEIA ORGANA FRÖSTELN.
DOCH BEI ALL DEM AUFRUHR BEMERKT NIEMAND, DASS EIN KLEINER DROID SEIN TABLETT ABSTELLT UND AUF DECK GEHT...
...WO ER SICH DEM BEIBOOT ZUWENDET, VON DEM AUS LUKE, HAN UND CHEWBACCA IN DEN TOD GESTÜRZT WERDEN SOLLEN. SEINE SCHÄDELKUPPE GEHT AUF...
... UND ALS SEIN JUNGER HERR AUF DIE PLANKE ÜBER DER MONSTRÖSEN OBSZÖNITÄT TRETEN MUSS, DIE ALS SARLACC BEKANNT IST...
... SCHIESST ETWAS VON IHM DURCH DIE LUFT ZU LUKE.
EIN LICHTSCHWERT!
VOWRAAARK!!
HE! WAS GEHT HIER VOR?
PLÖTZLICH KOMMT ES AN BORD DES KLEINEN GLEITERS ZU EINEM KAMPF! EINER DER WACHTPOSTEN REISST SICH DEN HELM VOM KOPF UND ENTHÜLLT SEINE WAHRE IDENTITÄT!

UND OBWOHL DIE REBELLENPRINZESSIN IHREN MONSTRÖSEN HÄSCHER MIT DER KETTE ERWÜRGEN KANN, MIT DER SIE AN IHN GEFESSELT IST...
... BLEIBT IHR DIE FLUCHT DOCH VER-WEHRT...
... BIS MAN IHRE TAT SCHLIESSLICH ENTDECKT!
AUF DEM BEIBOOT STEHEN SICH KOPFGELDJÄGER UND JUNGER JEDI GEGENÜBER...
... ALS EIN SCHUSS AUS DER KANONE DES SEGELGLEITERS DAS KLEINERE BOOT TRIFFT.
BOBA FETT STÜRZT ZU BODEN, ABER EIN ANDE-RER GEHT ÜBER BORD...
LANDO! ICH BIN'S, HAN! ICH BIN FREI ... ABER CHEWIE IST NOCH MIT SEINEN FESSELN BE-SCHÄFTIGT! WO BIST DU?
ETWA EINE MANNSLÄNGE DAVON ENTFERNT, ZUM HAUPT-GANG ZU WERDEN! ABER DU BRAUCHST MICH GAR NICHT ERST HOCHZUZIE-HEN, SOLANGE DIESE KANONE NOCH FEUERT!

WÄHREND DER SPIELER UND URSPRÜNGLICHE BESITZER DES MILLENNIUM FALKEN NOCH RUFT, REAGIERT LUKE SKY-WALKER BEREITS...
ALS DAS BESCHÄDIGTE BEIBOOT SICH ZUR SEITE DREHT UND SICH DABEI DEM SEGELGLEITER NÄHERT...
... MACHT ER EINEN SALTO VORWÄRTS ...
... UND LANDET MITTEN ZWI-SCHEN WÜTENDEN FEINDEN.
EINER NACH DEM ANDEREN FÄLLT DEM LICHT-SCHWERT ZUM OPFER, DOCH IMMER NEUE FÜLLEN DIE LÜCKEN AUS...
... UND DIE KANONE SCHIESST WEITERHIN!
LANDO, HÖRST DU MICH? HIER, FASS AN!
HALT'S ETWAS TIEFER! ICH KOMM NICHT RAN! ABER STICH MIR DAMIT JA NICHT INS AUGE!
DOCH NICHT NUR HAN UNTERNIMMT ETWAS. BOBA FETT ERHEBT SICH WIEDER UND ZIELT AUF DIE GESTALT, DIE AUF JABBAS SEGEL-GLEITER MIT DEM LICHTSCHWERT KÄMPFT!

EIN KNURREN CHEWBACCAS WARNT HAN! VERZWEIFELT SCHWINGT ER DEN SPEER, DEN ER GERADE NOCH LANDO GEREICHT HAT. DOCH...
DU BLINDER TROTTEL! DU BIST ALS NÄCHSTER DRAN!
DER KOPFGELDJÄGER IGNORIERT DIE HEKTISCHEN VERSUCHE DES GEBLENDETEN CORELLIANERS, IHN ERNEUT ZU TREFFEN, UND ZIELT AUF SEINEN VERMEINTLICH GEFÄHRLICHSTEN GEGNER...
... ALS DER SPEER PLÖTZLICH DIE RAKETENDÜSE TRIFFT. EIGENTLICH EIN HARMLOSER STOSS... ABER ER ZÜNDET DAS GERÄT!
DER MANN, DER SEINE DIENSTE SOWOHL AN DARTH VADER ALS AUCH AN JABBA VERKAUFT HAT, RAST HOCH IN DIE LUFT...
... UND FÄLLT TIEF ... ZUM VERGNÜGEN DES SARLACC.
ROWRAAAARK!
DAS HAB ICH GESCHAFFT? HÄTT ICH'S DOCH NUR SEHEN KÖNNEN!
DOCH NUR EINE DER GEFAHRENQUELLEN WURDE BESEITIGT... WIE EIN SCHUSS AUS DER KANONE AUF DEM DECK DES SEGELGLEITERS BEWEIST!
UND IN DER KABINE DES GEFÄHRTS...
VRIE-DITTA TUH-WHUUUHT!
ERZWO! DER MACHT SEI DANK, DASS DU MICH GEFUNDEN HAST! KOMM! NICHTS WIE RAUS HIER!

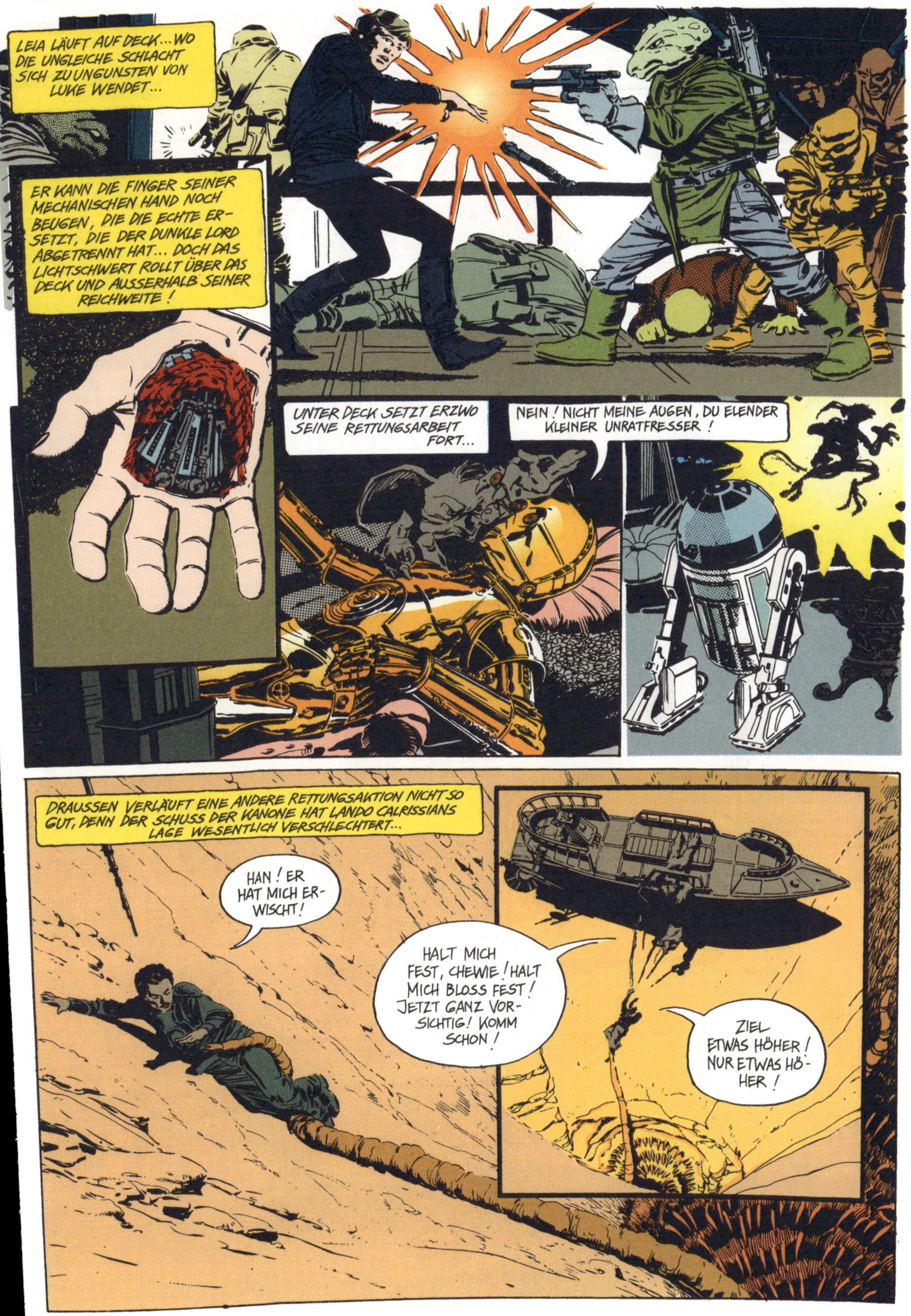
LEIA LÄUFT AUF DECK... WO DIE UNGLEICHE SCHLACHT SICH ZUUNGUNSTEN VON LUKE WENDET...
ER KANN DIE FINGER SEINER MECHANISCHEN HAND NOCH BEUGEN, DIE DIE ECHTE ERSETZT, DIE DER DUNKLE LORD ABGETRENNT HAT... DOCH DAS LICHTSCHWERT ROLLT ÜBER DAS DECK UND AUSSERHALB SEINER REICHWEITE!
UNTER DECK SETZT ERZWO SEINE RETTUNGSARBEIT FORT...
NEIN! NICHT MEINE AUGEN, DU ELENDER KLEINER UNRATFRESSER!
DRAUSSEN VERLÄUFT EINE ANDERE RETTUNGSAKTION NICHT SO GUT, DENN DER SCHUSS DER KANONE HAT LANDO CALRISSIANS LAGE WESENTLICH VERSCHLECHTERT...
HAN! ER HAT MICH ERWISCHT!
HALT MICH FEST, CHEWIE! HALT MICH BLOSS FEST! JETZT GANZ VORSICHTIG! KOMM SCHON!
ZIEL ETWAS HÖHER! NUR ETWAS HÖHER!

AUF DEM DECK DES SEGELGLEITERS IST DIESE VERWUNDBARE KETTE AUS WOOKIE UND MENSCHEN EIN VERLOCKENDES ZIEL FÜR DEN BORDKANONIER...
SO VERLOCKEND, DASS ER DAS NEUE ELEMENT IM KAMPF ERST VIEL ZU SPÄT BEMERKT!
NUN BEHARKT DIE KANONE, DIE HAN, LANDO UND CHEWBACCA FAST ERLEDIGT HÄTTE...
... PLÖTZLICH DIE MASTEN DES SEGELGLEITERS!
UND MEHR ABLENKUNG BENÖTIGT LUKE NICHT, UM DAS LICHTSCHWERT ZURÜCKZUBEKOMMEN.
HALT DIE KANONE HÖHER, LEIA! DU MUSST SIE AUSRICHTEN! RICHTE SIE AUFS HINTERDECK!
ERZWO, WO WOLLEN WIR EIGENTLICH HIN? ICH KANN UNMÖGLICH ÜBER BORD SPRINGEN!
DRRR-PLIIIT!
ES FOLGT EIN SCHEPPERN, ALS EIN KLEINER GEGENSTAND AUS METALL GEGEN EINEN GRÖSSEREN PRALLT...
NEEEIIIIIINN!
DANN FEUERT LEIA, WIE LUKE ES BEFOHLEN HAT... MIT DURCHSCHLAGENDEM ERFOLG!

UND TROTZ DER DONNERNDEN EXPLOSIONEN KÄMPFT SICH DER JUNGE JEDI-RITTER DURCH DIE RESTE VON JABBAS MANNSCHAFT...
...UND NÄHERT SICH MIT UNÜBERWINDBARER ENTSCHLOSSENHEIT DER REBELLEN-PRINZESSIN!

KOMM SCHON!
ER SCHWINGT MIT WEIT GRÖSSERER BEHENDIGKEIT ALS DAMALS AUF DEM TODESSTERN ÜBER DEN ABGRUND ...
... UND LANDET AUF DEM NUN VON CHEWBACCA GESTEUERTEN BEIBOOT.
TUT MIR LEID, DASS ES ETWAS SCHWIERIG WAR.
VIELEN DANK, DASS DU MICH DA RAUSGEHOLT HAST, LUKE!
ICH HATTE VIEL HILFE, HAN. SCHON IN ORDNUNG.
NEIN, GANZ UND GAR NICHT! ALS MAN MICH IN KARBONIT EINFROR, WAR ICH SO GUT WIE TOT... JETZT HABE ICH MEINE SEHKRAFT WIEDER, UND ICH SEHE EINIGES MIT ANDEREN AUGEN, KUMPEL!
ALS DIE TRIEBWERKE VON JABBAS SEGELGLEITER AUFGRUND DER SCHÄDEN EXPLODIEREN, DIE LEIA IHM ZUGEFÜGT HAT, NIMMT DAS KAUM NOCH FLUGFÄHIGE BEIBOOT DIE BEIDEN LETZTEN HELFER AUF, DIE DEN SPRUNG IN DAS SANDMEER ÜBERSTANDEN HABEN...
KURZ DARAUF STARTEN ZWEI SCHIFFE VON DER VON TATOOINES DOPPELSONNE GEBLEICHTEN OBERFLÄCHE... UND SCHLAGEN UNTERSCHIEDLICHE RICHTUNGEN EIN.
DU KÖNNTEST UNS NOCH IMMER ZUR FLOTTE BEGLEITEN, LUKE!
NEIN, ERZWO UND ICH FLIEGEN DAS DAGOBAH-SYSTEM AN. DAS HAB ICH JEMANDEM VERSPROCHEN... EINEM ALTEN FREUND.

DERWEIL GLEITET ÜBER DEM GRÜNEN MOND ENDOR EIN IMPERIALES BEIBOOT DURCH DEN SCHUTZSCHILD DER IM BAU BEFINDLICHEN KAMPFSTATION...
AN BORD IST DER WICHTIGSTE BESUCHER, DEN JENE, DIE DORT DIENST TUN, JE GESEHEN HABEN... DER WICHTIGSTE ... UND FURCHTBARSTE. DER IMPERATOR!
ERHEBT EUCH, MEIN FREUND!
DER BAU DES NEUEN TODESSTERNS WIRD WIE GEPLANT ABGESCHLOSSEN.
IHR HABT WIEDER RECHT, LORD VADER. DOCH FÜHLE ICH, IHR MÖCHTET EURE SUCHE FORTSETZEN ...EURE SUCHE NACH DEM JUNGEN SKYWALKER. GEDULD, MEIN FREUND! IRGENDWANN KOMMT ER VON ALLEIN!
UND WENN DAS GESCHIEHT, MÜSST IHR IHN SOFORT ZU MIR BRINGEN. ER IST STARK GEWORDEN. NUR MIT VEREINTEN KRÄFTEN KÖNNEN WIR IHN ZUR DUNKLEN SEITE BEKEHREN.

ALLES ENTWICKELT SICH SO, WIE ICH ES VORAUSGESEHEN HABE.
DER IMPERATOR KICHERT... UND DIESES GERÄUSCH ERZEUGT BEI JEDEM ANWESENDEN IM HANGAR, SOGAR BEI SEINER SCHARLACHROT GEKLEIDETEN LEIBWACHE, EIN UNMERKLICHES FRÖSTELN ...
... UND DEUTLICH WAHRNEHMBARE ERLEICHTERUNG, ALS DIE BEIDEN DIE KONTROLLSTATION BETRETEN, DIE ZUM THRONSAAL UMGEBAUT WURDE.
IHR HATTET MICH ZU EUCH GEBETEN, IMPERATOR?
SCHICKT DIE FLOTTE ZU DER UNS ABGEKEHRTEN SEITE DES MONDES ENDOR. DORT SOLL SIE KREUZEN UND WEITERE BEFEHLE ABWARTEN.
WAS HALTET IHR VON DEN MELDUNGEN, DASS SICH DIE REBELLENFLOTTE IN DER NÄHE VON SULLUST SAMMELT?
DAS SOLL UNS NICHT KÜMMERN. DIE REBELLEN SIND BALD BESIEGT ...
... UND DER JUNGE SKYWALKER GEHÖRT DANN ZU UNS. EURE ARBEIT HIER IST BEENDET. KEHRT ZUM KOMMANDOSCHIFF ZURÜCK UND ERWARTET MEINE BEFEHLE!
JA, MEIN IMPERATOR!

WELTEN ENTFERNT, AUF DEM DÜSTEREN, IN NEBEL GEHÜLLTEN PLANETEN DAGOBAH, FÄLLT LICHT AUS EINER WINZIGEN HÜTTE. HIER TRIFFT SICH DERJENIGE, ÜBER DEN DARTH VADER UND DER IMPERATOR GESPROCHEN HABEN, MIT EINEM WESEN, DAS ER MEISTER NENNT.
EIN SELTSAMES GESICHT DU MACHST! SEH SO ALT ICH AUS FÜR JUNGE AUGEN?
N-NEIN... NATÜRLICH NICHT!
DOCH DAS TUE ICH! KRANK GEWORDEN BIN ICH ... ALT UND SCHWACH. BIST 900 JAHRE, WIRST AUSSEHEN DU NICHT GUT. AUSRUHEN WERDE ICH MICH BALD. SCHLAFEN, EWIG SCHLAFEN ... VERDIENT HAB ICH DAS.
STERBEN, YODA... DAS DARFST DU NICHT. ICH BRAUCHE DEINE HILFE. ICH BIN GEKOMMEN, UM MEINE AUSBILDUNG ABZUSCHLIESSEN.
ABENDDÄMMERUNG UMFÄNGT MICH. UND BALD KOMMT DIE NACHT... SO IST NUN MAL DER LAUF DER DINGE ... UND AUCH MIT DER MACHT IST ES SO.
SIE IST STARK IN DIR ... ABER SO STARK NUN AUCH WIEDER NICHT. AUSBILDUNG BRAUCHST DU KEINE. WISSEN TUST DU SCHON ALLES ... WAS NÖTIG IST.
ALSO BIN ICH EIN JEDI?

NOCH NICHT. EINS NOCH ÜBRIG IST. VADER ... STELLEN MUSST DU DICH BALD VADER, JA. DANN, NUR DANN, EIN JEDI-RITTER WIRST DU SEIN.
SAG MIR, YODA ... IST DARTH VADER MEIN VATER ?
DER KLEINE JEDI-MEISTER SCHWEIGT. ER WIRKT GEBEUGTER UND ERSCHÖPFTER DENN JE. DOCH ALS ER LUKES BEHARRLICHKEIT FÜHLT, ANTWORTET ER ENDLICH.
DEIN VATER ER IST. GESAGT HAT ER DIR DAS, JA? UNERWARTET DAS IST... UND BEDAUERLICH.
ES IST BEDAUERLICH, DASS ICH DIE WAHRHEIT KENNE?
NEIN, BEDAUERLICH IST ES, DASS IHM DIE STIRN ZU BIETEN DU ERWARTEN KONNTEST NICHT, ALS NICHT ABGESCHLOSSEN WAR DEIN TRAINING. NOCH NICHT BEREIT FÜR DIESE BÜRDE WARST DU. EINS NIEMALS VERGISS ... DIE STÄRKE EINES JEDI FLIESST AUS DER MACHT IHM ZU. ABER HÜTE DICH ... FURCHT, ZORN ... DIE DUNKLE SEITE IST.
ES TUT MIR LEID...
BEGIBST DU DICH AUF DIESEN PFAD EINMAL, FÜR IMMER WIRD BEHERRSCHT DAVON DEIN SCHICKSAL. LUKE ... UNTERSCHÄTZE NIEMALS DIE MACHT DES IMPERATORS ... ODER DEINES VATERS SCHICKSAL WIRST ERLEIDEN DU. LUKE ... WENN ICH GEHE, DER LETZTE JEDI WIRST DU SEIN!
LUKE GEWÄHRT YODA DIE DRINGEND NÖTIGE RUHE. DOCH ALS ER SICH ZU DEM NERVÖS WARTENDEN ERZWO GESELLT, MUSS ER AN DIE LETZTEN WORTE SEINES LEHRMEISTERS DENKEN.
DAS KANN ICH ALLEIN NICHT SCHAFFEN, ERZWO.
YODA WIRD IMMER UM DICH SEIN.

OBI-WAN! WARUM HAST DU MIR DAS VER-SCHWIEGEN?
ICH WOLLTE ES DIR SAGEN, NACHDEM DU DEINE AUSBILDUNG ABGE-SCHLOSSEN HATTEST. ABER DU MUSSTEST JA UNVORBEREITET LOS-STÜRMEN. WIR HABEN DICH VOR DER UNGEDULD GEWARNT.
DU HAST MIR DAMALS GESAGT, VADER HÄTTE MEINEN VATER VERRATEN UND ERMORDET.
DEIN VATER WURDE VON DER DUNKLEN SEITE DER MACHT VERFÜHRT. ER WAR NUN NICHT MEHR ANAKIN SKYWALKER ... ER WURDE DARTH VADER. ALS DAS GESCHAH, WAR DER GUTE MANN, DER DEIN VATER EINST WAR, VERNICHTET. ICH HABE DIR ALSO DIE WAHRHEIT GESAGT ... VON EINEM GEWISSEN STANDPUNKT AUS.
VON EINEM GEWISSEN STAND-PUNKT AUS?
LUKE, AUCH DU WIRST NOCH ENTDECKEN, DASS VIELE WAHRHEI-TEN, AN DIE WIR UNS KLAMMERN, VON UNSEREM PERSÖNLICHEN STANDPUNKT AB-HÄNGIG SIND. ANAKIN WAR EIN GUTER FREUND VON MIR ... ABER ICH MACHE DIR KEINEN VORWURF, DASS DU WÜTEND BIST. DENN WAS MIT DEINEM VATER GESCHAH, WAR MEINE SCHULD ...
... VON EINEM GEWISSEN STANDPUNKT AUS.
DAMALS, ALS ICH IHM BEGEGNET BIN, WAR DEIN VATER BEREITS EIN GROSSER PILOT. ABER ICH WAR ÜBERRASCHT, WIE STARK SCHON DAMALS DIE MACHT IN IHM WAR. ALSO NAHM ICH ES AUF MICH, IHN PERSÖNLICH ZUM JEDI AUSZUBILDEN. ICH DACHTE, ICH KÖNNTE IHN EBENSOGUT UNTERWEISEN WIE YODA.
DAS WAR EIN IRRTUM. ICH WAR KEIN SO GUTER LEHR-MEISTER WIE YODA. UND ALS DER IMPERATOR DANN ANAKINS MACHT FÜHLTE, KONNTE ER IHN AUF DIE DUNKLE SEITE LOCKEN.
MEIN FEHLER HATTE SCHRECK-LICHE KONSEQUENZEN FÜR DIE GALAXIS.

WÄRE ICH GEDULDIGER GEWESEN ... HÄTTE ICH IHN BESSER UNTERWIESEN.
ABER ES STECKT NOCH GUTES IN IHM.
AUCH ICH DACHTE EINST, MAN KÖNNE VADER RETTEN... AUF DIE GUTE SEITE ZURÜCKHOLEN. ABER... ER IST EINE MASCHINE UND KEIN MENSCH MEHR. EINE DIABOLISCHE MASCHINE.
ICH KANN ES NICHT TUN, BEN. ICH KANN DOCH NICHT MEINEN VATER TÖTEN!
DANN HAT DER IMPERATOR SCHON GEWONNEN. DIE DUNKELHEIT WIRD OBSIEGEN. ER WUSSTE GENAU WIE ICH, DASS DIE MACHT IN DER FAMILIE SKYWALKER STARK IST UND DASS DU EINES TAGES EINE BEDROHUNG SEIN WÜRDEST. WIR HABEN ES SO HINGESTELLT, ALS WÄREST DU UNSERE EINZIGE HOFFNUNG...
... ABER ES GIBT NOCH EINE. DU HAST EINE ZWILLINGSSCHWESTER. UM EUCH BEIDE ZU SCHÜTZEN, WURDET IHR GLEICH NACH DER GEBURT VOR EUREM VATER VERSTECKT. DER IMPERATOR WUSSTE GENAU WIE ICH, SOLLTE ANAKIN NACHKOMMEN HABEN, WÜRDEN SIE EINST EINE GEFAHR FÜR IHN SEIN. – DOCH DU KENNST DEINE SCHWESTER BEREITS. ES IST LEIA!
LEIA? LEIA IST MEINE SCHWESTER?!... ABER WIR MÜSSEN SIE AUS DER SACHE RAUSHALTEN! SIE IST NICHT TRAINIERT... VADER WÜRDE SIE VERNICHTEN! DANN... MUSS ICH IHN DOCH TÖTEN!
DEINE INTUITION SPRICHT FÜR DICH. DOCH VERBIRG DEINE GEFÜHLE TIEF IN DIR. DER IMPERATOR KÖNNTE SIE SICH ZUNUTZE MACHEN.
ERSCHÜTTERT VON DEM, WAS ER GERADE ERFAHREN HAT, BETRACHTET LUKE DIE LEUCHTENDE MANIFESTATION SEINES VERSCHIEDENEN MENTORS...
DU KANNST DEINEM SCHICKSAL NICHT ENTKOMMEN! DU MUSST DICH NOCH EINMAL DARTH VADER STELLEN!

SULLUST! HIER SAMMELN SICH ZAHLREICHE STERNKREUZER UND JAGDMASCHINEN, UM DER SACHE DER REBELLEN ZU DIENEN UND ZUM KÜHNSTEN UND GRÖSSTEN SCHLAG GEGEN DIE TYRANNEI AUSZUHOLEN, DER SIE SO LANGE WIDERSTANDEN HABEN.
UND AUF DEM GRÖSSTEN DIESER RAUMSCHIFFE, DAS ALS KOMMANDOSCHIFF DIENT, WURDE EINE LETZTE KONFERENZ EINBERUFEN.
DATEN, DIE VERTRAUENSWÜRDIGE SPIONE VON BOTHA GESAMMELT HABEN, WURDEN BESTÄTIGT: DER IMPERATOR HAT EINEN EINEN ENTSCHEIDENDEN FEHLER GEMACHT, UND DIE ZEIT FÜR DEN ANGRIFF IST GEKOMMEN.

MANN, CALRISSIAN ALS GENERAL! NICHT ZU FASSEN! DABEI HABE ICH IHNEN NUR GESAGT, DASS DU KEIN ÜBLER PILOT BIST.
ICH HAB NICHT UM DEN JOB GEBETEN. JEMAND MUSS DENEN VON MEINEM MANÖVER BEI DER SCHLACHT VON TAANAB ERZÄHLT HABEN.
ICH BIN ÜBERRASCHT, DASS SIE'S DIR NICHT ANGEBOTEN HABEN!
ICH NICHT, KUMPEL. DASS ES UM DAS KOMMANDO FÜR DIESEN IRRSINNSANGRIFF GING ... DAVON HATTE ICH KEINE AHNUNG!
WER HAT DIR DENN DAS ERZÄHLT? ICH BIN DOCH NICHT IRRE! UND SO 'NE RESPEKTPERSON WIE DU WERD ICH NIE.
HAN BLEIBT BEI MIR AUF DEM KOMMANDOSCHIFF. WIR SIND BEIDE DANKBAR FÜR DAS, WAS SIE FÜR UNS TUN, LANDO ... UND STOLZ!
DANN WIRD DIE ZENTRALE VERDUNKELT, UND DAS HOLOGRAMM EINER IMPERIALEN KONSTRUKTION ERSCHEINT. MON MOTHMA, DER OBERSTE ANFÜHRER DER REBELLENALLIANZ, ERGREIFT DAS WORT ...
DAS IST DIE NEUE KAMPFSTATION DES IMPERATORS. WIR WISSEN, DASS DIE WAFFENSYSTEME DIESES TODESSTERNS NICHT EINSATZBEREIT SIND. DA DIE IMPERIALE FLOTTE IN DER GANZEN GALAXIS VERSTREUT IST UND VERGEBLICH VERSUCHT, UNS IN KÄMPFE ZU VERWICKELN ...
... IST DER TODESSTERN RELATIV SCHUTZLOS. WIR WISSEN, DASS DER IMPERATOR PERSÖNLICH DIE FERTIGSTELLUNG SEINES TODESSTERNS BEAUFSICHTIGT.
ALS DIE AUFREGUNG ÜBER DIESE INFORMATION ABKLINGT, BETRITT ADMIRAL ACKBAR VON DEN VERBÜNDETEN MON CALAMARI DAS PODIUM.
WIE WIR SEHEN, UMKREIST DER TODESSTERN DEN WALDMOND ENDOR. OBWOHL SEINE WAFFENSYSTEME NOCH NICHT EINSATZBEREIT SIND, VERFÜGT ER DENNOCH ÜBER EINEN WIRKSAMEN VERTEIDIGUNGSMECHANISMUS.

ER WIRD VON EINEM ENERGIESCHILD GESCHÜTZT, WELCHER VON DEM NAHEN WALDMOND AUS AKTIVIERT WIRD. DIESER SCHILD MUSS DEAKTIVIERT WERDEN, SOLLTE EIN ANGRIFFSVERSUCH GEMACHT WERDEN.
IST DER SCHUTZSCHILD EINMAL DEAKTIVIERT, WERDEN UNSERE STERNKREUZER DEN TODESSTERN UMKREISEN, WÄHREND UNSERE KAMPFMASCHINEN IN DIE KERNSTRUKTUR EINDRINGEN UND VERSUCHEN WERDEN, DEN HAUPTREAKTOR AUSSER KRAFT ZU SETZEN. GENERAL CALRISSIAN HAT FREIWILLIG DAS KOMMANDO FÜR DIESEN EINSATZ ÜBERNOMMEN.
VIEL GLÜCK! DU WIRST ES BRAUCHEN.
DOCH LANDO NIMMT NEUEN RESPEKT IN HANS WORTEN WAHR, NOCH WÄHREND ER SEINE AUFMERKSAMKEIT AUF DEN NÄCHSTEN SPRECHER RICHTET... GENERAL MADINE.
WIR HABEN EINE KLEINE IMPERIALE RAUMFÄHRE GEKAPERT. ALS FRACHTER GETARNT UND EINEN IMPERIALEN GEHEIMCODE BENUTZEND, LANDET ALS ERSTES EIN STOSSTRUPP VON UNS AUF ENDOR UND DESAKTIVIERT DEN SCHUTZSCHILDGENERATOR!
UND WER HAT SICH FÜR DIESEN SCHWACHSINN GEMELDET?
GENERAL SOLO, IST IHR STOSSTRUPP EINSATZBEREIT?
NACHDEM HAN MEHRERE ZUERST UNGLÄUBIGE, DANN BEWUNDERNDE BLICKE ERTRAGEN HAT, GESTEHT ER EIN...
ÄH... MEIN STOSSTRUPP JA. NUR HAB ICH NOCH KEINE KOMMANDOCREW FÜR DEN EINSATZ.
WARRRRRRGH!!
DAS WIRD HART, FREUNDCHEN. ICH WOLLTE NICHT FÜR DICH SPRECHEN. EINEN HABEN WIR.
ZWEI. ICH LASSE DICH NICHT MEHR AUS DEN AUGEN, EURE GENERALITÄT!
UND ICH MACH AUCH MIT!

ALLE KÖPFE DREHEN SICH... UND DEM NEUANKÖMMLING BRANDET APPLAUS ENTGEGEN.
ALSO DREI!
UND BEI EINEM GLÜCKLICHEN WIEDERSEHEN BEMERKT NUR LEIA, DASS LUKE ETWAS BESCHÄFTIGT.
WAS HAST DU?
FRAG MICH DAS EIN ANDERMAL...
SIE HABEN KEINE ZEIT ZU VERLIEREN. IHRE KONZENTRATION GILT DEM GROSSEN, UNMITTELBAR BEVORSTEHENDEN KONFLIKT.
HÖR ZU. NIMM MEINE ALTE MÜHLE. DAS IST MEIN ERNST. NIMM SIE, LANDO, JETZT ÜBERLEG NICHT NOCH LANGE, SIE IST DAS SCHNELLSTE SCHIFF DER FLOTTE!
ICH WEISS GENAU, WAS SIE DIR BEDEUTET, ALTER JUNGE. ICH WERDE GUT AUF SIE AUFPASSEN, UND SIE WIRD KEINEN EINZIGEN KRATZER ABBEKOMMEN!
KEIN KRATZER? DAS IST EIN MÄNNERWORT, JA?
JETZT FLIEG SCHON LOS, DU ALTER PIRAT! ALLES GUTE!
DER ABSCHIED...
...UND EINE MISSION BEGINNT...
ICH HAB SO'N KOMISCHES GEFÜHL... ALS OB ICH DEN SCHLITTEN NIE WIEDERSEHEN WERDE!
KOMMEN SIE, GENERAL. FLIEGEN WIR!

HAN SOLO TUT WIE GEHEISSEN... TROTZ CHEWBACCAS BESCHWERDEN, DASS DAS IMPERIUM SEINE RAUMFÄHREN NICHT FÜR WOOKIES AUSRICHTET... DES EWIGEN ZANKS ZWISCHEN DREIPEO UND ERZWO ... UND TROTZ SEINES TIEFEN UNBEHAGENS. DOCH SCHON BALD NÄHERN SIE SICH IHREM ZIEL...
... UND DEN IMPERIALEN SICHERHEITS-VORKEHRUNGEN, DIE ES UMGIBT.
WIR HABEN SIE JETZT AUF UNSEREM MONITOR. BITTE IDENTIFIZIEREN SIE SICH ZWECKS DEAKTIVIERUNG DES DEFLEKTOR-SCHILDES.
JETZT WERDEN WIR SEHEN, OB DIESER KODE SEINEN PREIS WERT WAR. ZAHLREICHE SPIONE DER ALLIANZ SIND FÜR IHN GESTORBEN...
VADER IST AUF DEM SCHIFF.
JETZT WERD BLOSS NICHT NERVÖS, LUKE. DIE HABEN VIELE KOMMANDOSCHIFFE. HALT EIN BISSCHEN ABSTAND, CHEWIE. ABER ES DARF NICHT SO AUSSEHEN, ALS VERBERGEN WIR WAS.
FLIEG GANZ UNAUFFÄLLIG, CHEWIE!
DOCH ALS AN BORD DES RIESIGEN IMPERIALEN SCHIFFES DIE IDENTIFIZIERUNG ÜBERPRÜFT WIRD ...
IST DER KODE DIESER RAUMFÄHRE IN ORDNUNG?
ES IST EIN ÄLTERER KODE, SIR, ABER ER IST IN ORDNUNG. ICH WOLLTE, DEN FLUG FREIGEBEN. SOLL ICH SIE AUFHALTEN?
NEIN. ÜBERLASSEN SIE SIE MIR. ICH WERDE MICH IHRER PERSÖNLICH ANNEHMEN!

ENDOR! DIE RAUMFÄHRE WIRD UNTER HOHEN BÄUMEN UND DICHTEN BÜSCHEN VERSTECKT, UND DIE REBELLEN BRECHEN AUF ZU IHREM ZIEL.
NICHT ALLE SIND GLEICHERMASSEN BEGEISTERT!
OH! DAS IST EIN GEFÄHRLICHER MOND! HIER WIMMELT ES BESTIMMT VON DROIDENFRESSENDEN UNGEHEUERN!
DREIPEO WIRD ZUM SCHWEIGEN GEBRACHT. DANN... DAS ERSTE HINDERNIS.
ZWEI IMPERIALE KUNDSCHAFTER! WIR HABEN KEINE ZEIT, SIE ZU UMGEHEN! ABER DIESER GANZE ZIRKUS WAR UMSONST, WENN SIE UNS ENTDECKEN. CHEWIE UND ICH ERLEDIGEN DAS. WARTET IHR HIER!
ABER GANZ LAUTLOS! DA SIND...
„...VIELLEICHT NOCH VIEL MEHR VON DENEN!" MURMELT LUKE, DOCH HAN UND CHEWBACCA HÖREN IHN SCHON NICHT MEHR...
...UND GREIFEN DEN FEIND AN.
DER CORELLIANER UND DER WOOKIE SCHALTEN DIE GEGNER AUS, DOCH ALS LUKE UND LEIA LOSSTÜRMEN, GERATEN SIE UNTER BESCHUSS!
DA DRÜBEN SIND NOCH ZWEI!
DAS NENNT ER LAUTLOS! SIE STEIGEN AUF IHRE SCHLITTEN! WIR MÜSSEN SIE AUFHALTEN!

DIE BEIDEN LAUFEN AN DEN KÄMPFENDEN VORBEI...
HE! WARTET! WAS HABT IHR BEIDE...
VER-DAMMT!

...UND SPRINGEN AUF DIE SCHLITTEN DER KUNDSCHAFTER, MIT DENEN HAN UND CHEWBACCA BESCHÄFTIGT SIND.
BLOCKIER IHR KOMMUNIKATIONS-SYSTEM! DER SCHALTER IST IN DER MITTE!
DOCH ALS SIE ZWISCHEN DEN RIESIGEN BÄUMEN ENDORS DIE VERFOLGUNG AUFNEHMEN...
LUKE! WIR SIND AN ZWEI WEITEREN SPÄHERN VORBEIGEFLOGEN! SIE VERFOLGEN UNS!
UND SCHON TREFFEN DIE STRAHLEN IHRER LASERKANONEN LUKES SCHLITTEN!
DU ÜBERNIMMST DEN VORDEREN! ICH ERLEDIGE DIE BEIDEN... UND DEN HIER!
EIN TRITT, UND LUKE VERFÜGT ÜBER EINEN NEUEN SCHLITTEN. ER TRITT AUF DIE BREMSE...
... UND SEINE BEIDEN ÜBERRASCHTEN VERFOLGER RASEN AN IHM VORBEI IN SEINE SCHUSSLINIE.
EINER FÄLLT...

... DOCH DIE GESCHICKTEN MANÖVER DES ANDEREN BEDEUTEN FÜR LUKE FAST EINE KATASTROPHE!
DEN AUFPRALL KANN ER NICHT VERMEIDEN...
... UND DEN TOD NUR DURCH EINEN RISKANTEN SPRUNG!
LUKE RAPPELT SICH AUF UND STELLT FEST, DASS SEIN FEIND BEREITS ZURÜCKKEHRT, UM IHN ZU ERLEDIGEN.
DOCH OBWOHL ER MIT DEM LICHTSCHWERT DAS LASER-FEUER ABWEHRT...
... KOMMT DER SOLDAT AUF DEM SCHLITTEN UNAUF-HALTSAM NÄHER!
IM LETZTMÖGLICHEN MOMENT SPRINGT DER JUNGE JEDI ZUR SEITE! SEINE KLINGE BLITZT AUF...
... UND TRENNT EINEN STABILISATOR DES KLEINEN FLUGGERÄTS AB!
ES IST VORBEI... BIS LUKE FRÖSTELND FESTSTELLT, DASS WEDER VON LEIA NOCH VON DEM LETZ-TEN GEGNER ETWAS ZU SEHEN IST.

WÄHREND LUKE ZU DEN REBELLEN ZURÜCKKEHRT UND BETET, DASS AUCH LEIA DEN WEG ZU IHNEN GEFUNDEN HAT...
... GEWÄHRT DER IMPERATOR AUF DEM NEUEN TODESSTERN IM ORBIT UM ENDOR EINE AUDIENZ.
SEID IHR EUCH SICHER? ICH WEISS, EINE KLEINE EINHEIT DER REBELLEN HAT DEN SCHUTZSCHIRM DURCHDRUNGEN UND IST AUF ENDOR GELANDET!
MEIN SOHN IST EBENFALLS DORT. ICH FÜHLE SEINE NÄHE, MEIN IMPERATOR.
SELTSAM, DASS ICH SEINE NÄHE NICHT GEFÜHLT HABE. ICH FRAGE MICH, OB IHR EUCH IN DIESEM FALL NICHT GEIRRT HABT.
ICH BIN MIR ÜBER MEINE GEFÜHLE IM KLAREN, MEIN IMPERATOR.
DANN MÜSST IHR EUCH ZUM SANKTUARIUMMOND BEGEBEN UND DORT AUF IHN WARTEN. ICH HABE ES VORAUSGESEHEN... ER WIRD ZU EUCH KOMMEN ... AUS FREIEN STÜCKEN ...
SEIN MITGEFÜHL FÜR EUCH WIRD SEIN SCHICKSAL BESIEGELN. ER WIRD ZU EUCH KOMMEN, UND IHR BRINGT IHN DANN SOFORT ZU MIR.
ENDOR. WÄHREND DIE HAUPTGRUPPE VORAUSEILT, FINDET EINE SUCHE STATT... DIE SUCHE NACH EINER VERSCHWUNDENEN GEFÄHRTIN. UND SIE FÜHRT ZUM SCHAUPLATZ EINES KAMPFES...
ICH FÜRCHTE, DASS ERZWOS SENSOREN KEINE SPUR VON PRINZESSIN LEIA ENTDECKEN KÖNNEN.
ICH HOFFE, SIE IST IN SICHERHEIT. HIER IST SIE JEDENFALLS NICHT.

DIE SUCHE WIRD AUSGEWEITET...
DA DRÜBEN IM GEBÜSCH LIEGEN NOCH ZWEI WRACKS!
WIE ES AUSSIEHT, HAT SIE ÜBERLEBT. ABER WO IST SIE JETZT?
DANN LÄSST EIN SELTSAMER GERUCH HANS WOOKIE-PARTNER DURCH DAS DICHTE BUSCHWERK STÜRMEN. DIE ANDEREN FOLGEN IHM.
HE, SEHT EUCH DAS AN! ACH WAS, DAS IST NUR EIN TOTES TIER, CHEWIE!
CHEWIE! WARTE! NICHT!
DU HAST GANZE ARBEIT GELEISTET! TOLL, CHEWIE, GANZ TOLL! DU DENKST IMMER NUR MIT DEINEM MAGEN!
NUN REG DICH SCHON AB! ÜBERLEGEN WIR LIEBER, WIE WIR HIER RAUSKOMMEN! DREIPEO, KANNST DU AN MEIN LICHTSCHWERT RANKOMMEN?
LEIDER NICHT, MASTER LUKE. ABER ERZWO WILL MIT SEINEM SCHNEIDEWERKZEUG ... HALT!
ERZWO, ICH WEISS NICHT, OB DAS EINE GUTE IDEE IST! WIR WERDEN UNS SÄMTLICHE GELENKE BRECHEN!
DEN STURZ ÜBERSTEHEN SIE ZWAR... DOCH EINE NEUE ERKENNTNIS WARTET SCHON.
ACH DU MEINE GÜTE! WIR HABEN DIE FALLENSTELLER GEFUNDEN... VIELMEHR SIE UNS!
BEIM ANBLICK DES GOLDENEN DROIDEN GERATEN DIE KLEINEN, SPEERBEWEHRTEN GESCHÖPFE IN AUFREGUNG...

...DOCH DIE ANDEREN GEFANGENEN BEEINDRUCKEN SIE NICHT IM GERINGSTEN...
HE! HALT DAS JEMAND ANDEREM UNTER DIE NASE!
HAN, LASS DAS! WIR KOMMEN SCHON KLAR! DREIPEO, VERSTEHST DU ALLES, WAS DIE DA REDEN?
ABER JA, MASTER LUKE! WIE IHR WISST, BEHERRSCHE ICH ÜBER SECHS MILLIONEN KOMMUNIKATIONSFORMEN. ICH MAG MICH ZWAR IRREN, ABER ICH GLAUBE, SIE HALTEN MICH FÜR EINEN... GOTT!
WARUM BENÜTZT DU DANN NICHT DEINEN ÜBERIRDISCHEN EINFLUSS UND HOLST UNS HIER RAUS?
VERZEIHEN SIE, CAPTAIN SOLO, ABER DAS WÄRE NICHT ANGEMESSEN. ES WÜRDE GEGEN MEINE PROGRAMMIERUNG VERSTOSSEN, EINE GOTTHEIT ZU PERSONIFIZIEREN.
DU MEINST, NICHT ANGEMESSEN...? JETZT HÖR MAL ZU!
VORSTOSSENDE SPEERE HALTEN HAN DAVON AB, DER NEUEN GOTTHEIT SCHADEN ZUZUFÜGEN...
...UND BALD IST AUF VERBORGENEN WEGEN EINE SELTSAME PROZESSION UNTERWEGS. DREIPEO PROFITIERT IN EINER SÄNFTE VON SEINEM NEUEN STATUS...
...WÄHREND DIE ANDEREN WIE FRISCH ERLEGTES WILD GETRAGEN WERDEN.
SCHLIESSLICH ERREICHEN SIE ÜBER ENGE HÖLZERNE STEGE EIN DORF HOCH OBEN IN DEN RIESIGEN BÄUMEN ENDORS. AUF DEN RUF EINES MEDIZINMANNES STRÖMEN DIE EINGEBORENEN NEUGIERIG ZUSAMMEN.
SEHR KOMISCH KOMMT MIR DAS NICHT MEHR VOR, LUKE.

NOCH WENIGER KOMISCH KOMMT ES HAN SOLO VOR, ALS FEUERHOLZ UNTER IHM AUFGESCHICHTET WIRD...
WAS HAT DER KNILCH GESAGT?
ES IST MIR FURCHTBAR PEINLICH, CAPTAIN SOLO, ABER SCHEINBAR SOLLEN SIE BEI EINEM BANKETT ZU MEINEN EHREN ALS HAUPTGERICHT SERVIERT WERDEN.
HÖR MAL, BLECHKUMPEL, DU SAGST DIESEM ABGE-SÄGTEN KLEINEN...
... DASS SIE MEINE FREUNDE SIND! DREIPEO, SAG IHNEN, SIE MÜSSEN MEINE FREUNDE SOFORT FREILASSEN!
LEIA! ABER WIE ...?
EINER DIESER KLEINEN BURSCHEN ... DER EWOKS ... HAT MICH NACH DEM KAMPF MIT DEN IMPERIALEN GEFUNDEN. ER WAR SCHWER BE-EINDRUCKT ... DIE EWOKS MÖ-GEN SIE AUCH NICHT BESONDERS!
DOCH NICHT EINMAL GEMEINSAME FEINDE GENÜGEN, UM DEN MEDIZINMANN DAVON ABZUBRINGEN, DIE NEUE GOTT-HEIT ZU EHREN...
DREIPEO, SAG IHNEN, WENN SIE NICHT TUN, WAS DU WILLST, WIRST DU BÖSE UND BE-NUTZT MAGISCHE KRÄFTE!
ABER WELCHE KRÄFTE? ICH KANN DOCH NICHT...
SAG ES IHNEN EINFACH!
TUE ICH JA, MASTER LUKE. ABER SIE GLAUBEN MIR NICHT. DAS HÄTTE ICH EUCH GLEICH SAGEN KÖNNEN!
LUKE HÖRT NICHT MEHR ZU. ER HAT DIE AUGEN GESCHLOSSEN UND KONZENTRIERT SICH...
... UND SEINE ANSTREN-GUNG ZEITIGT SCHLIESS-LICH ERFOLGE!
OH! WAS GESCHIEHT DENN HIER MIT MIR? O DU MEINE GÜTE! LASST MICH RUNTER! LASST MICH SOFORT RUNTER!

SANFT SINKT DIE GOTTHEIT WIEDER ZU BODEN, UND DIE EWOKS BEEILEN SICH, IHRE FREUNDE ZU BEFREIEN...
DANKE, DREIPEO!
OH! ICH WUSSTE GAR NICHT, WOZU ICH FÄHIG BIN!
IN DER HÜTTE DES HÄUPTLINGS FINDET EINE VERSAMMLUNG STATT, BEI DER DREIPEO SINN UND ZWECK DES REBELLEN-EINSATZES GEGEN DAS IMPERIUM VERDEUTLICHT...
... JEDENFALLS, SOWEIT MAN IM DIALEKT DER EWOKS UND MIT EINIGEN NACHGEAHMTEN GERÄUSCHEN DIE GESCHICHTE DES GALAKTISCHEN BÜRGERKRIEGS KURZ ZUSAMMENFASSEN KANN.
UND NACH VIELEN WORTWECHSELN, DISKUSSIONEN UND REDEN...
WIE WUNDERBAR! SIE HABEN UNS IN IHREN STAMM AUFGENOMMEN UND UNTERSTÜTZEN UNS, UM IHR LAND ZU BEFREIEN!
OH! DAS HAB ICH MIR SCHON IMMER GEWÜNSCHT! ACH... KLEINE HELFER SIND BESSER ALS KEINE HELFER, WAS, CHEWIE?
DOCH NICHT JEDER IST GEWILLT, ERLITTENE DEMÜTIGUNGEN SO SCHNELL ZU VERZEIHEN.
BRAAAAAP!!
ALS DANN AUS DER VERSAMMLUNG IN DER HÜTTE EINE FEIER WIRD, TRITT LUKE SKYWALKER VERSTOHLEN IN DIE STILLE HINAUS. DOCH SEIN AUFBRUCH BLEIBT NICHT UNBEMERKT...
LUKE, WAS IST EIGENTLICH LOS?
SEHR VIEL, FÜRCHTE ICH. VIELLEICHT NEHMEN DIE DINGE ENDLICH IHREN VORBESTIMMTEN GANG.

LEIA ... KANNST DU DICH AN DEINE MUTTER ERINNERN? DEINE RICHTIGE MUTTER? WORAN ERINNERST DU DICH?
NUR EIN BISSCHEN. ALS SIE STARB, WAR ICH NOCH SEHR JUNG. NUR AN GANZ VERSCHWOMMENE BILDER ... UND GEFÜHLE. SIE WAR ... SIE WAR WUNDERSCHÖN. GÜTIG ... ABER TRAURIG. WARUM STELLST DU MIR DIESE FRAGEN?
ICH KANN MICH NICHT AN MEINE MUTTER ERINNERN. ICH KANNTE SIE NICHT.
LUKE, SAG'S MIR! WAS BESCHÄFTIGT DICH?
VADER IST HIER. HIER. ER IST AUF DIESEM MOND. ICH FÜHLE SEINE GEGENWART. ER IST MEINETWEGEN GEKOMMEN. AUCH ER KANN MEINE NÄHE FÜHLEN. DESHALB MUSS ICH JETZT AUFBRECHEN. TUE ICH DAS NICHT, GEFÄHRDE ICH DEN EINSATZ ... UND BRINGE UNS ALLE IN GEFAHR.
ICH MUSS MICH IHM STELLEN!
DAS IST NOCH NICHT ALLES ... ES WIRD NICHT LEICHT FÜR DICH SEIN, DIESE DINGE ZU ERFAHREN, ABER DU MUSST ALL DAS WISSEN. KOMME ICH NICHT ZURÜCK, BIST DU DIE EINZIGE HOFFNUNG FÜR DIE ALLIANZ.
ER IST MEIN VATER, LEIA. DARTH VADER IST MEIN VATER!
LUKE, DU DARFST SO ETWAS NICHT SAGEN. DIE MACHT, DIE DU BESITZT, WERDE ICH NIE HABEN KÖNNEN. NUR DU ALLEIN KENNST DAS GEHEIMNIS!
DU IRRST DICH, LEIA. AUCH DU BESITZT DIESE MACHT. UND IRGENDWANN LERNST AUCH DU, SIE ZU BENUTZEN ... GENAU WIE ICH. DIE REBELLION WIRD AUCH NACH MEINEM TOD WEITERMACHEN.
LUKE, WAS IST ÜBER DICH GEKOMMEN?

DIE MACHT IST STARK IN MEINER FAMILIE. MEIN VATER HAT SIE ... ICH HABE SIE ... UND MEINE ... SCHWESTER ... HAT SIE AUCH. JA ... DU BIST MEINE SCHWESTER, LEIA!
ALS LEIA IHM IN DIE AUGEN SIEHT, WEISS SIE, DASS SIE DIE WAHRHEIT GEHÖRT HAT.
NEIN, LUKE. VERSUCH ZU FLIEHEN! LAUF, SOWEIT DU KANNST! WENN ER WIRKLICH DEINE NÄHE SPÜREN KANN, MUSST DU DICH IHM ENTZIEHEN! ICH WÜNSCHTE, ICH KÖNNTE MIT DIR GEHEN.
NEIN, LEIA. DU WARST DOCH BISHER IMMER SO STARK ... WENN HAN UND ICH GEZWEIFELT HABEN. DU BIST NIE VOR DEINER VERANTWORTUNG GEFLOHEN. VON MIR KANN ICH DAS NICHT BEHAUPTEN.
JETZT WIRD SICH UNSER BEIDER SCHICKSAL ERFÜLLEN!
ABER WARUM WILLST DU DAS AUF DICH NEHMEN?
WEIL ICH FÜHLE, DASS DAS GUTE IN IHM NOCH NICHT ERLOSCHEN IST. ER WIRD MICH NICHT DEM IMPERATOR ÜBERGEBEN. ICH KANN IHN ZUR GUTEN SEITE DER MACHT BEKEHREN ... UND IHN RETTEN! ICH MUSS ES VERSUCHEN, LEIA. ER IST UNSER VATER!
TRÄNEN SCHIMMERN IN DEN AUGEN DER PRINZESSIN, DOCH SIE SPÜRT, DASS ES NICHTS MEHR ZU SAGEN GIBT. LUKE SKYWALKER UMARMT SIE SANFT...
LEB WOHL, LIEBE LEIA!
DANN GEHT ER DAVON, VERSCHWINDET IN NEBEL UND NACHT...
MORGEN! EIN IMPERIALER KAMPFLÄUFER HÄLT AN DER LANDEPLATTFORM AUF ENDOR, AUF DER EINE GROSSE GESTALT GEDULDIG UND UNHEILVOLL WARTET...
LORD VADER! DAS IST DER REBELL, DER SICH UNS ERGEBEN HAT! ICH BIN DAVON ÜBERZEUGT, DASS SICH NOCH MEHR REBELLEN AUF ENDOR BEFINDEN. SOLL ICH EINE SUCHAKTION ANORDNEN?

DIES WAR SEINE EINZIGE WAFFE ... EIN LICHTSCHWERT, NICHT WAHR?
GUTE ARBEIT, COMMANDER! DOCH JETZT LASST UNS ALLEIN. FÜHRT EURE SUCHAKTION DURCH. SOLLTE SIE ERFOLGREICH SEIN, BRINGT SEINE GEFÄHRTEN ZU MIR!
WIEDER STEHEN SIE SICH GEGENÜBER ... VATER UND SOHN.
DU HAST DIE WAHRHEIT ALSO ENDLICH AKZEPTIERT?
ICH HABE ES AKZEPTIERT, DASS DU EINMAL ANAKIN SKYWALKER WARST... MEIN VATER. DAS IST DER NAME DEINES WAHREN SELBST. DU HAST ES NUR VERGESSEN. ICH WEISS, ES IST NOCH VIEL GUTES IN DIR. DESHALB KONNTEST DU MICH NICHT VERNICHTEN. UND DESHALB WIRST DU MICH AUCH NICHT ZUM IMPERATOR BRINGEN!
WIE ICH SEHE, HAST DU EIN NEUES LICHTSCHWERT KONSTRUIERT. DEINE FÄHIGKEITEN SIND BEMERKENSWERT. DU BIST TATSÄCHLICH SEHR STARK GEWORDEN... GANZ, WIE DER IMPERATOR ES VORAUSGESEHEN HAT.
KOMM MIT MIR! MICH BEKEHRST DU NICHT. DU WIRST MICH TÖTEN MÜSSEN.
FALLS DAS DEIN SCHICKSAL IST...
ERFORSCHE DEINE GEFÜHLE, VATER. DAS KANNST DU NICHT TUN. ICH FÜHLE DEINEN KONFLIKT! BEFREIE DICH VOM HASS!
JEMAND HAT DIR TÖRICHTE IDEEN EINGEGEBEN. OBI-WAN HAT EINST GENAUSO GEDACHT WIE DU.
DU WEISST NICHT, WIE STARK DIE DUNKLE SEITE DER MACHT SEIN KANN. ICH MUSS MEINEM HERRN GEHORCHEN. DER IMPERATOR WIRD DIR DIE DUNKLE SEITE DER MACHT ZEIGEN. ER IST JETZT DEIN HERR UND MEISTER!
FÜR MICH IST ES ZU SPÄT, MEIN SOHN.
DANN IST MEIN VATER ALSO WIRKLICH TOT.

DIE REBELLENFLOTTE! DIE ALLIANZ SETZT IHRE GESAMTE STREITMACHT AUF EINE KARTE. UND IN VORDERSTER LINIE ... DER MILLENNIUM FALKE. MIT EINER VÖLLIG NEUEN CREW ... UND UNTER DEM KOMMANDO VON LANDO CALRISSIAN.
UND ALS LANDO DIE BEREITSCHAFT SEINES SCHIFFES FUNKT, ERKLINGT AUF ALLEN KANÄLEN DIE STIMME VON ADMIRAL ACKBAR AUS DEM FLAGGSCHIFF DER MON CALAMARI ...
AN ALLE EINHEITEN! UMSCHALTEN AUF LICHTGESCHWINDIGKEIT! MÖGE DIE MACHT MIT UNS SEIN!
DU BRAUCHST DIR KEINE SORGEN ZU MACHEN! MEINE FREUNDE SIND DA UNTEN. DIE HABEN DEN SCHUTZSCHILD RECHTZEITIG DEAKTIVIERT!
... ODER DAS WIRD DIE KÜRZESTE OFFENSIVE ALLER ZEITEN!

DER EWOK HEISST WICKET. ER IST DERJENIGE, DER SICH MIT PRINZESSIN LEIA ANGEFREUNDET HAT. ER HAT SEINE NEUEN VERBÜNDETEN ZU DEREN HAUPTSTREITMACHT UND DANN ZU DEM BUNKER GEFÜHRT, IN DEM SICH DER SCHILDGENERATOR BEFINDET.
HE!
UND NUN WILL ER DIE WACHEN AM EINGANG ABLENKEN!
DREI DER VIER KUNDSCHAFTER VERFOLGEN DEN GESTOHLENEN SCHLITTEN. UND DER VIERTE...
DA IST JETZT NUR NOCH EIN MANN ÜBRIG! GAR NICHT ÜBEL FÜR SO'N KLEINES PELZKNÄUEL! ICH WETTE, DER SCHNAPPT SICH DIE ERSTE LIANE UND LÄSST DIE SOLDATEN EINEN LEEREN SCHLITTEN VERFOLGEN!
DOCH DIE SORGE UM WICKET WEICHT DER UM IHRE MISSION... SIE MÜSSEN SICH SOFORT ZUTRITT VERSCHAFFEN!
HAN! WIR MÜSSEN UNS BEEILEN! DIE FLOTTE KANN JEDEN MOMENT EINTREFFEN!
KEIN PROBLEM, PRINZESSIN! BISLANG WAR ES EIN SPAZIERGANG... LEICHTER, ALS VON EINEM BANTHA ZU FALLEN!
MIT EINEM KONZENTRIERTEN FEUERSTOSS WERDEN VERSCHLOSSENE TÜREN GEÖFFNET... UND IHR ZIEL IST IN SICHT...
GANZ RUHIG! NA LOS, WEG DA! VERSCHWINDET HIER! CHEWIE... DEN SPRENGSTOFF! NUN MACH SCHON!
DOCH AUCH WENN AUF ENDOR FÜR DIE REBELLEN NOCH ALLES GUT VERLÄUFT... AUF DEM NEUEN TODESSTERN SIEHT ES GANZ ANDERS AUS...
WILLKOMMEN, JUNGER SKYWALKER! ICH HABE DICH ERWARTET. ICH FREUE MICH SCHON DARAUF, DEINE AUSBILDUNG ABZUSCHLIESSEN!
IRGENDWO IN DER GROSSEN KAMPFSTATION KRÜMMT SICH EIN KNOCHIGER FINGER...

...UND LUKES HANDSCHELLEN FALLEN ZU BODEN. SKYWALKER STEHT UNBEHINDERT VOR DEMJENIGEN WESEN IN DER GALAXIS, DAS ER AM LIEBSTEN VERNICHTET SEHEN WÜRDE...
ER BLEIBT RUHIG...
IHR IRRT EUCH, WENN IHR GLAUBT, ICH WÜRDE EUCH JE MEISTER NENNEN... DENN MICH KÖNNT IHR NICHT BEKEHREN WIE EINST MEINEN VATER.
O NEIN, MEIN JUNGER JEDI! DU BIST DERJENIGE, DER SICH IRRT, DAS WIRST DU BALD HERAUSFINDEN... UND ZWAR ÜBER VIELE DINGE!
AH, DEIN LICHTSCHWERT... DIE WAFFE EINES JEDI-RITTERS. DEM SCHWERT DEINES VATERS SEHR ÄHNLICH. DIR MÜSSTE ABER KLAR SEIN, DASS DEIN VATER NIEMALS DER DUNKLEN SEITE ENTSAGEN WIRD... UND DU BALD AUCH NICHT!
IHR IRRT EUCH SEHR! ICH STERBE BALD... UND IHR MIT MIR.
DU SPIELST DAMIT WOHL AUF DEN BEVORSTEHENDEN ANGRIFF DER REBELLENFLOTTE AN... DOCH ICH SAGE DIR, VOR DEINEN REBELLISCHEN FREUNDEN SIND WIR ABSOLUT SICHER.
EURE ÜBERHEBLICHKEIT IST EURE SCHWÄCHE!
DEIN VERTRAUEN IN DEINE FREUNDE IST DIE DEINE!
ALLES, WAS SICH BIS JETZT ZUGETRAGEN HAT, IST STETS NUR NACH MEINEM PLAN GESCHEHEN. DEINE FREUNDE DORT OBEN AUF DEM SANKTUARIUMMOND WERDEN IN EINE FALLE GERATEN... WIE AUCH DIE FLOTTE DER REBELLEN. ICH WAR ES, DER ZUGELASSEN HAT, DASS DIE ALLIANZ DEN STANDORT DES SCHUTZSCHILD-GENERATORS ERFÄHRT. KOMM, MEIN JUNGE, SIEH ES DIR SELBST AN! JETZT WIRST DU ZEUGE DES UNTERGANGS DER ALLIANZ!... DEIN SCHWERT... DAS MÖCHTEST DU JETZT GERN HABEN, DA DEIN HASS IMMER GRÖSSER WIRD? NIMM ES! ICH HABE KEINE WAFFE! STRECK MICH NIEDER!
NEIN!
ERGIB DICH GANZ DEINEM HASS! MIT JEDEM AUGENBLICK, DEN DU VERGEHEN LÄSST, WIRST DU MEHR ZU MEINEM DIENER. SO IST ES DIR BESTIMMT. ES IST NUN MAL DEIN SCHICKSAL!
AUCH DU... GENAU WIE DEIN VATER... GEHÖRST JETZT MIR!

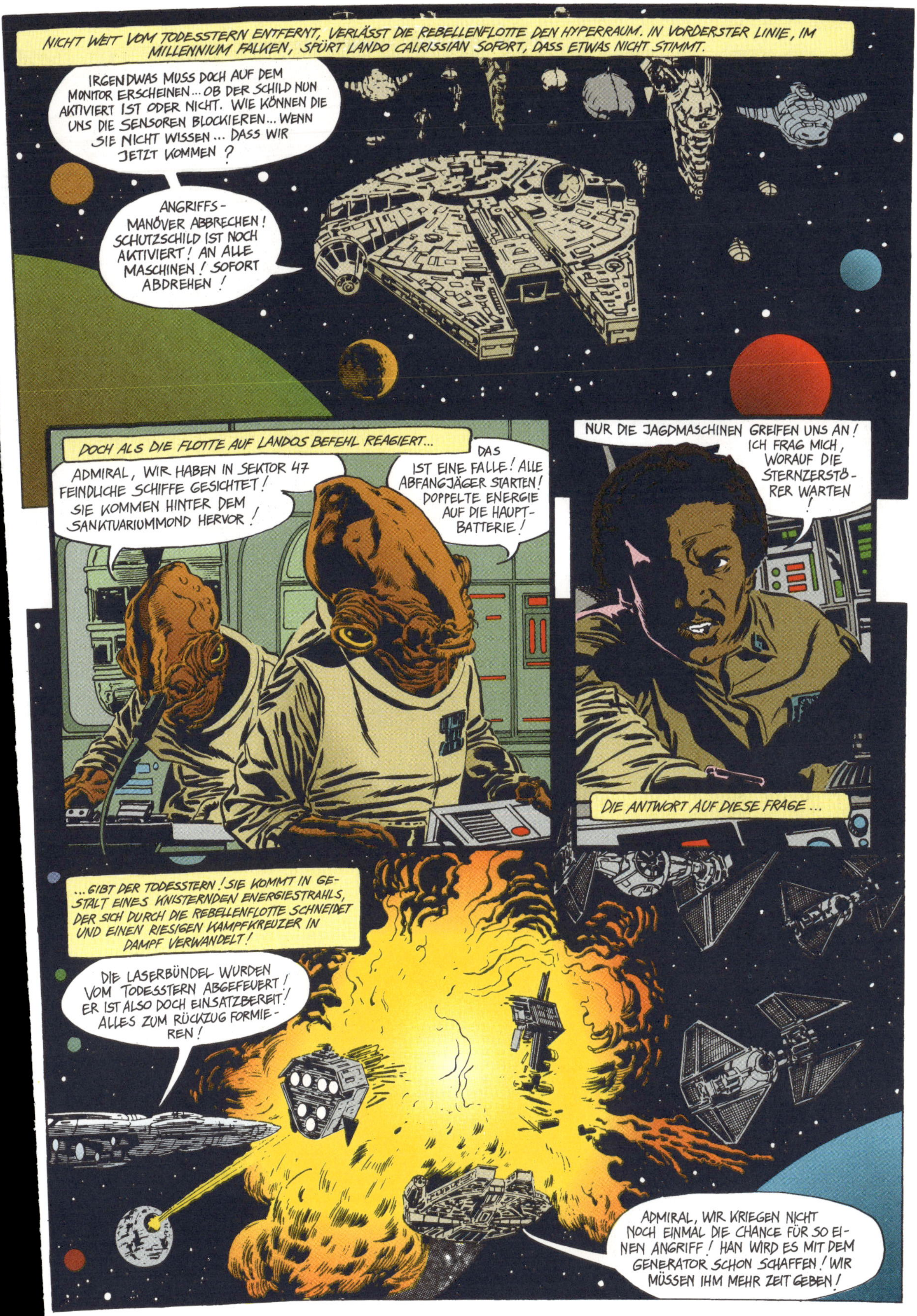
NICHT WEIT VOM TODESSTERN ENTFERNT, VERLÄSST DIE REBELLENFLOTTE DEN HYPERRAUM. IN VORDERSTER LINIE, IM MILLENNIUM FALKEN, SPÜRT LANDO CALRISSIAN SOFORT, DASS ETWAS NICHT STIMMT.
IRGENDWAS MUSS DOCH AUF DEM MONITOR ERSCHEINEN... OB DER SCHILD NUN AKTIVIERT IST ODER NICHT. WIE KÖNNEN DIE UNS DIE SENSOREN BLOCKIEREN... WENN SIE NICHT WISSEN... DASS WIR JETZT KOMMEN ?
ANGRIFFS-MANÖVER ABBRECHEN! SCHUTZSCHILD IST NOCH AKTIVIERT! AN ALLE MASCHINEN! SOFORT ABDREHEN!
DOCH ALS DIE FLOTTE AUF LANDOS BEFEHL REAGIERT...
ADMIRAL, WIR HABEN IN SEKTOR 47 FEINDLICHE SCHIFFE GESICHTET! SIE KOMMEN HINTER DEM SANKTUARIUMMOND HERVOR!
DAS IST EINE FALLE! ALLE ABFANGJÄGER STARTEN! DOPPELTE ENERGIE AUF DIE HAUPT-BATTERIE!
NUR DIE JAGDMASCHINEN GREIFEN UNS AN! ICH FRAG MICH, WORAUF DIE STERNZERSTÖ-RER WARTEN!
DIE ANTWORT AUF DIESE FRAGE...
...GIBT DER TODESSTERN! SIE KOMMT IN GE-STALT EINES KNISTERNDEN ENERGIESTRAHLS, DER SICH DURCH DIE REBELLENFLOTTE SCHNEIDET UND EINEN RIESIGEN KAMPFKREUZER IN DAMPF VERWANDELT!
DIE LASERBÜNDEL WURDEN VOM TODESSTERN ABGEFEUERT! ER IST ALSO DOCH EINSATZBEREIT! ALLES ZUM RÜCKZUG FORMIE-REN!
ADMIRAL, WIR KRIEGEN NICHT NOCH EINMAL DIE CHANCE FÜR SO EI-NEN ANGRIFF! HAN WIRD ES MIT DEM GENERATOR SCHON SCHAFFEN! WIR MÜSSEN IHM MEHR ZEIT GEBEN!

DIE WENDE KAM BETÄUBEND SCHNELL. GERADE WOLLTEN HAN, LEIA UND DIE ANDEREN DIE SPRENGLADUNGEN ANBRINGEN, DA WIMMELTE ES IM BUNKER PLÖTZLICH VOR IMPERIALEN STURMTRUPPEN... ANGEHÖRIGE EINER LEGION, DIE DER IMPERATOR NACH ENDOR GESCHICKT HAT...
NA LOS! VORWÄRTS, IHR ABSCHAUM! IHR HABT'S AUF DEN BILDSCHIRMEN GESEHEN... DIE REBELLION IST AUCH FÜR EURE FLOTTE VORBEI!
DIE WORTE KLINGEN IN DEN OHREN DER GEFANGENEN AUF ENDOR NIEDERSCHMETTERND WAHR. UND AUF DEM TODESSTERN FALLEN ÄHNLICHE SÄTZE...
EURE FLOTTE HAT DIE SCHLACHT VERLOREN... UND DEINE FREUNDE AUF ENDOR WERDEN IHR LEBEN VERLIEREN. ES GIBT KEIN ENTKOMMEN, MEIN JUNGER JEDI!
DIE ALLIANZ WIRD UNTERGEHEN... UND MIT IHR DEINE FREUNDE!
DAS LICHTSCHWERT IN DER HAND DES IMPERATORS BEGINNT ZU ZITTERN...
LUKE KANN NICHT LÄNGER WIDERSTEHEN. DAS SCHWERT FLIEGT DURCH DIE LUFT IN SEINE KÜNSTLICHE HAND!
SEHR GUT! STRECKE MICH NIEDER MIT ALL DEINEM HASS, UND DU HAST DEINEN LANGEN WEG ZUR DUNKLEN SEITE DAMIT BEENDET.
DER JUNGE JEDI HANDELT, OHNE ZU DENKEN...
...DOCH EINE ANDERE LICHTKLINGE WEHRT SEINEN TÖDLICHEN SCHLAG AB! UND ALS DAS ZUFRIEDENE GELÄCHTER DES IMPERATORS DURCH DEN THRONSAAL HALLT, BEGINNT LUKE MIT DEM DUELL, DAS ER UNBEDINGT VERMEIDEN WOLLTE!

DOCH FALLS DER SOHN NOCH ZÖGERT, TRIFFT DIES FÜR DEN VATER ANSCHEINEND NICHT ZU. DARTH VADER GREIFT AN...
... STARK, GESCHICKT, SICHER! ER SCHEINT UNÜBERWINDBARER ZU SEIN DENN JE!

MITTLERWEILE WERDEN AUF ENDOR DIE GEFANGENEN UNTER DEN WAFFEN EINES IMPERIALEN KAMPFLÄUFERS ZUSAMMENGE- TRIEBEN.
HALLO! DA DRÜBEN! SUCHEN SIE VIELLEICHT NACH MIR?
DOCH DIE SOLDATEN, DIE IN DIE BÜSCHE STÜRMEN, UM DIE DROIDEN ZU HOLEN, FINDEN STATT DESSEN...
...EWOKS! SIE LASSEN SICH AUS DEN BÄUMEN FALLEN, REISSEN SOLDATEN NIEDER, STEHLEN WAFFEN...
...UND VERSCHAFFEN DEN GEFANGENEN DIE NÖTIGE ABLENKUNG.
ROWRRRRK!
LEIA! NIMM DEN BLASTER!
LAUF ZUM BUNKER! DIE SPRENGLADUNGEN SIND NOCH ANGEBRACHT! VIELLEICHT SCHAFFEN WIR ES NOCH!
UND DA DIE FLÜCHTENDEN DEN NAHKAMPF MIT IHREN HÄSCHERN SUCHEN, KANN DER KAMPFLÄUFER SEINE WAFFEN NICHT ZUM EINSATZ BRINGEN!
ÜBER ENDOR SETZEN LANDO UND ADMIRAL ACKBAR IN DEN TIEFEN DES ALLS DIESELBE TAKTIK IN EINEM GRÖSSEREN MASSSTAB EIN.
GEGEN DIE STERNZERSTÖRER WERDEN WIR EINEN NAHKAMPF NICHT LANGE ÜBERLEBEN, GENERAL CALRISSIAN!
JEDENFALLS SEHR VIEL LÄNGER ALS GEGEN DEN TODESSTERN! SO WERDEN EIN PAAR VON DENEN AUCH DRAN GLAUBEN MÜSSEN!

AUF DEM TODESSTERN STEHEN SICH VATER UND SOHN GEGENÜBER! BRUTAL UND AGGRESSIV SETZT DARTH VADER SEINE GANZE KRAFT UND STÄRKE GEGEN DEN JÜNGEREN MANN EIN.
DOCH IM GEGENSATZ ZU IHREM ERSTEN DUELL IN DER WOLKENSTADT ÜBER BESPIN IST DIES EIN KAMPF ZWISCHEN...
... GLEICHWERTIGEN GEGNERN!
DER JUNGE JEDI HAT INZWISCHEN VIEL GELERNT...
... UND WENN JEMAND EINEN VORTEIL HAT... DANN ER!
SEHR GUT! LASS DEINEN AGGRESSIONEN FREIEN LAUF, MEIN JUNGE! LASS DICH VOM HASS ÜBERMANNEN!
DOCH DIE WORTE DES IMPERATORS MACHEN LUKE AUF ETWAS SCHRECKLICHES AUFMERKSAM, DAS IN IHM EMPORSTEIGT. ER HÄLT INNE... UND SENKT DAS LICHTSCHWERT.
ICH KÄMPFE NICHT MIT DIR, VATER. HIER... MEINE WAFFE.

DER DUNKLE LORD ERHEBT SICH, ERGREIFT DAS LICHTSCHWERT UND BEFESTIGT ES AN SEINEM GÜRTEL.
DU UNTERSCHÄTZT DIE DUNKLE SEITE DER MACHT! WENN DU NICHT KÄMPFEN WILLST, IST DEIN SCHICKSAL BESIEGELT. ERGIB DICH DER DUNKLEN SEITE! NUR SO KANNST DU DEINE FREUNDE RETTEN! JA, DEINE GEDANKEN VERRATEN DICH! DEINE GEFÜHLE SIND SEHR STARK. BESONDERS FÜR DEINE...
NEIN!!
... SCHWESTER! DU HAST ALSO EINE ZWILLINGSSCHWESTER. MIT DEINEN GEFÜHLEN HAST DU AUCH SIE NUN VERRATEN. ES WAR KLUG VON OBI-WAN, SIE VOR MIR ZU VERBERGEN, DOCH NUN HAT ER EINE ENDGÜLTIGE NIEDERLAGE ERLITTEN! SOLLTEST DU DICH NICHT ZUR DUNKLEN SEITE BEKEHREN LASSEN, DANN VIELLEICHT SIE!
DIE PREISGEGEBENE WAFFE FLIEGT ZU IHREM JUNGEN BESITZER ZURÜCK.
NIEMALS!
UND DER KAMPF ZWISCHEN VATER UND SOHN TOBT HEFTIGER WEITER ALS ZUVOR.
NUN GREIFT LUKE AN, GETRIEBEN VON EINEM ZORN, DER IHN ZU VERZEHREN SCHEINT!

MITTLERWEILE HAT AUF DEM SANKTUARIUMMOND ENDOR DER KRIEG EINZUG GEHALTEN – ABER EINER, AUF DEN DIE GUT AUSGEBILDETEN IMPERIALEN TRUPPEN NICHT VORBEREITET SIND...

... WIR HABEN GRÖSSERE PROBLEME!
AUS DEM RAUCH DES GEFECHTS TAUCHT EIN KAMPFLÄUFER AUF. SEINE WAFFEN RICHTEN SICH AUF DAS BUNKERTOR... UND DIE DAVOR KAUERNDEN!
UND IM ALL VERSUCHT LANDO CALRISSIAN SEINE JAGDFLIEGER IM BEREICH DES TODESSTERNS ZU HALTEN.
HIER SPRICHT ADMIRAL ACKBAR! DIE SENSOREN SIND NICHT MEHR BLOCKIERT. WIR ORTEN DEN SCHUTZSCHILD! ER STEHT NOCH!
PRINZESSIN LEIAS EINHEIT HAT ES WOHL NICHT GESCHAFFT!
BIS SIE UNSER LETZTES SCHIFF ZERSTÖRT HABEN, BESTEHT NOCH HOFFNUNG!
IN DEM ZUM THRONSAAL UMGEBAUTEN KONTROLLRAUM DES TODESSTERNS KÄMPFEN VATER UND SOHN WIE NIE ZUVOR...
DARTH VADER VERTEIDIGT SICH GESCHICKT UND ENTSCHLOSSEN...
... ABER ER VERTEIDIGT SICH NUR!
SCHRITT UM SCHRITT ZWINGT LUKE DEN DUNKLEN LORD ÜBER EINEN STEG ZUM HAUPTSCHACHT DER KAMPFSTATION ZURÜCK.
MIT JEDEM SCHWERTSTREICH TREIBT ER SEINEN VATER...
... TIEFER IN DIE NIEDERLAGE!

BIS...
SHRRAAAAK!
VADERS LICHTSCHWERT FÄLLT IN DEN FAST BODENLOSEN SCHACHT, UND FUNKEN SPRÜHEN VON DEM MECHANISCHEN STUMPF, AN DEM EINST SEINE RECHTE HAND BEFESTIGT WAR! DAS GELÄCHTER DES IMPERATORS FÜLLT DEN GROSSEN RAUM...
SEHR GUT! DEIN HASS HAT DICH MÄCHTIG GEMACHT! UND JETZT ERFÜLLE DEIN SCHICKSAL! NIMM DEINES VATERS PLATZ EIN! JA, DEINES VATERS PLATZ AN MEINER SEITE!
LUKES KLINGE TANZT ÜBER DIE KEHLE DER GESTALT, DIE VOR IHM AUF DEM BODEN LIEGT... UND EHER EINE MASCHINE IST ALS EIN MENSCH AUS FLEISCH UND BLUT. DANN BETRACHTET ER SEINE KÜNSTLICHE HAND UND AHNT, WAS AUS IHM WERDEN KÖNNTE.
NIEMALS! ICH WERDE NIE ZUR DUNKLEN SEITE GEHÖREN. IHR HABT VERSAGT, HOHEIT! ICH BIN EIN JEDI! GENAU WIE MEIN VATER VOR MIR...
DU JUNGER NARR! ERST JETZT, DA DEIN ENDE NAHT, HAST DU DIE DINGE ERKANNT! MIT DEINEM ARMSELIGEN KÖNNEN BIST DU WEDER MIR NOCH DER DUNKLEN SEITE DER MACHT GEWACHSEN! DU BEZAHLST JETZT DEN PREIS FÜR DEIN UNEINSICHTIGES VERHALTEN!
EINEN MOMENT LANG... WIDERSTEHT ER. DANN IST DA NUR NOCH SCHMERZ! SCHMERZ UND PEITSCHENDE ENERGIE, DIE IHN SCHEINBAR SCHRUMPFEN LÄSST. UND ALS ER GLAUBT, ES NICHT MEHR ERTRAGEN ZU KÖNNEN... WIRD DER SCHMERZ NOCH STÄRKER!
TROTZ SEINER ÜBERRASCHUNG VERSUCHT LUKE, DIE BLENDENDEN ENERGIESTÖSSE, DAS BÖSE GEWITTER, DAS IHN PLÖTZLICH BOMBARDIERT, MIT DER MACHT ABZUWEHREN!
GANZ WIE DU WILLST... JEDI... WENN DU DICH NICHT BEKEHREN LÄSST... WERDE ICH DICH VERNICHTEN!
JETZT, JUNGER SKYWALKER... WIRST DU STERBEN!
DOCH AM ENTSETZLICHSTEN IST FÜR LUKE DER ANBLICK SEINES VATERS, DER ZUM IMPERATOR KRIECHT... WIE EIN STERBENDES TIER, DAS ZU DEN FÜSSEN SEINES HERRN ZURÜCKKEHRT...

... BIS VADER SICH PLÖTZLICH MIT LETZTER KRAFT ERHEBT! NICHT, UM DIESEM WESEN ZU DIENEN, DAS IHN AUS ANAKIN SKYWALKER IN DARTH VADER VERWANDELT HAT...
... SONDERN UM ES ZU ERGREIFEN!
DIE GNADENLOSE ENERGIE, DIE LUKE FAST UMGEBRACHT HÄTTE, ERGIESST SICH NUN ÜBER VADER! SIE VERSENGT, VERBRENNT SEINEN MASSIGEN KÖRPER ...
DOCH ER TAUMELT MIT SEINER LAST VORAN...
... ZUM RAND DES ABGRUNDS...
... UND SCHLEUDERT DEN IMPERATOR HINAB! SICH ÜBERSCHLAGEND, STÜRZT ER IN DIE TIEFE, PRALLT IMMER WIEDER VON DEN EISERNEN WÄNDEN AB...
... UND EXPLODIERT SCHLIESSLICH IRGENDWO UNTEN ZU DUNKLEM VERGESSEN, UND DÄMONISCHE STÜRME JAGEN HEULEND HINAUF...
... BÖEN, DIE DEN GROSSEN KRIEGER BEINAH EBENFALLS IN DEN ABGRUND REISSEN... BIS DIE HAND SEINES SOHNES IHN ZURÜCKZERRT.
UND BEIDE BRECHEN ERSCHÖPFT ZUSAMMEN.
V- VATER... !

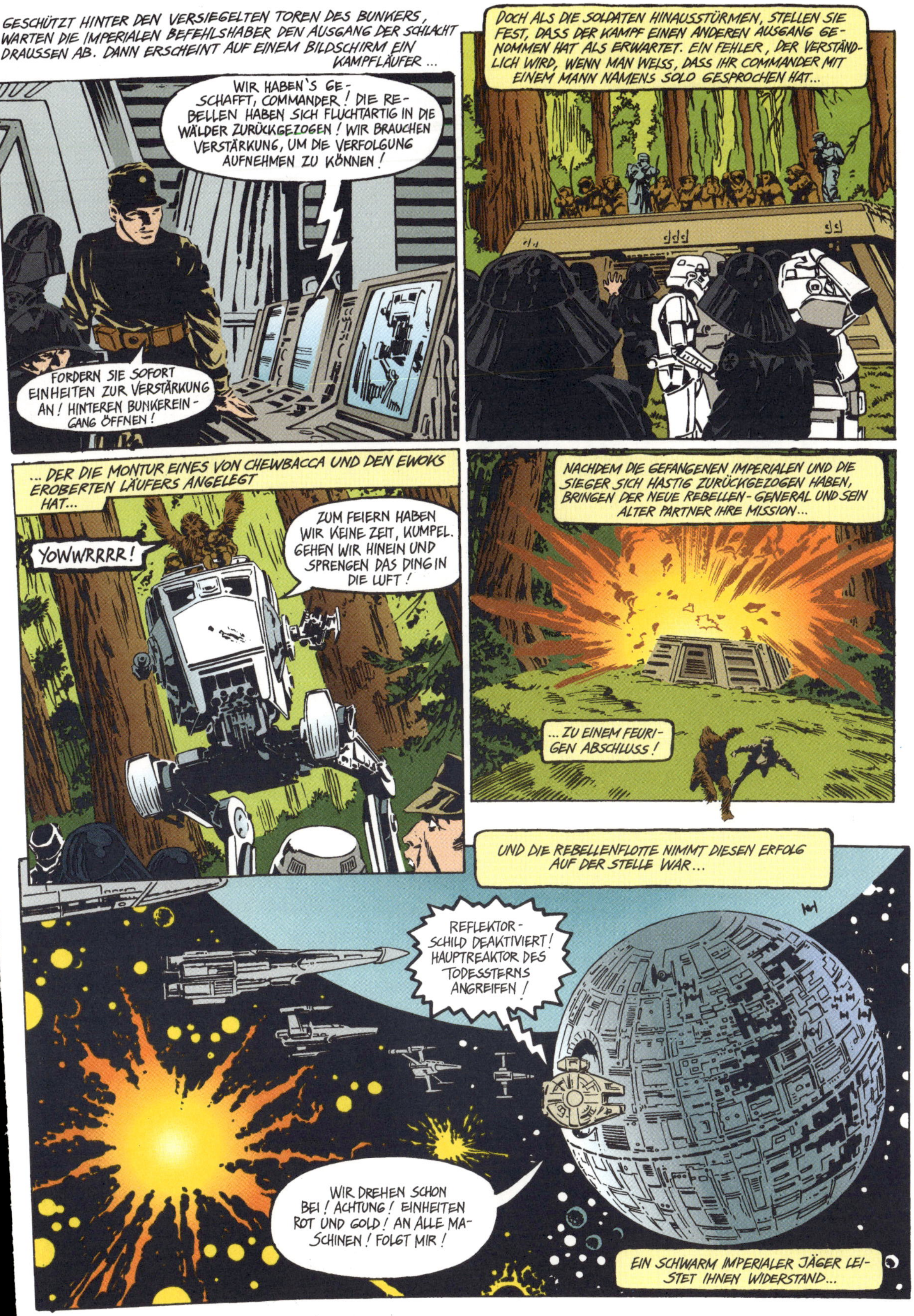
GESCHÜTZT HINTER DEN VERSIEGELTEN TOREN DES BUNKERS, WARTEN DIE IMPERIALEN BEFEHLSHABER DEN AUSGANG DER SCHLACHT DRAUSSEN AB. DANN ERSCHEINT AUF EINEM BILDSCHIRM EIN KAMPFLÄUFER ...
WIR HABEN'S GESCHAFFT, COMMANDER! DIE REBELLEN HABEN SICH FLUCHTARTIG IN DIE WÄLDER ZURÜCKGEZOGEN! WIR BRAUCHEN VERSTÄRKUNG, UM DIE VERFOLGUNG AUFNEHMEN ZU KÖNNEN!
FORDERN SIE SOFORT EINHEITEN ZUR VERSTÄRKUNG AN! HINTEREN BUNKEREINGANG ÖFFNEN!
DOCH ALS DIE SOLDATEN HINAUSSTÜRMEN, STELLEN SIE FEST, DASS DER KAMPF EINEN ANDEREN AUSGANG GENOMMEN HAT ALS ERWARTET. EIN FEHLER, DER VERSTÄNDLICH WIRD, WENN MAN WEISS, DASS IHR COMMANDER MIT EINEM MANN NAMENS SOLO GESPROCHEN HAT...
... DER DIE MONTUR EINES VON CHEWBACCA UND DEN EWOKS EROBERTEN LÄUFERS ANGELEGT HAT...
YOWWRRRR!
ZUM FEIERN HABEN WIR KEINE ZEIT, KUMPEL. GEHEN WIR HINEIN UND SPRENGEN DAS DING IN DIE LUFT!
NACHDEM DIE GEFANGENEN IMPERIALEN UND DIE SIEGER SICH HASTIG ZURÜCKGEZOGEN HABEN, BRINGEN DER NEUE REBELLEN-GENERAL UND SEIN ALTER PARTNER IHRE MISSION...
... ZU EINEM FEURIGEN ABSCHLUSS!
UND DIE REBELLENFLOTTE NIMMT DIESEN ERFOLG AUF DER STELLE WAR...
REFLEKTORSCHILD DEAKTIVIERT! HAUPTREAKTOR DES TODESSTERNS ANGREIFEN!
WIR DREHEN SCHON BEI! ACHTUNG! EINHEITEN ROT UND GOLD! AN ALLE MASCHINEN! FOLGT MIR!
EIN SCHWARM IMPERIALER JÄGER LEISTET IHNEN WIDERSTAND...

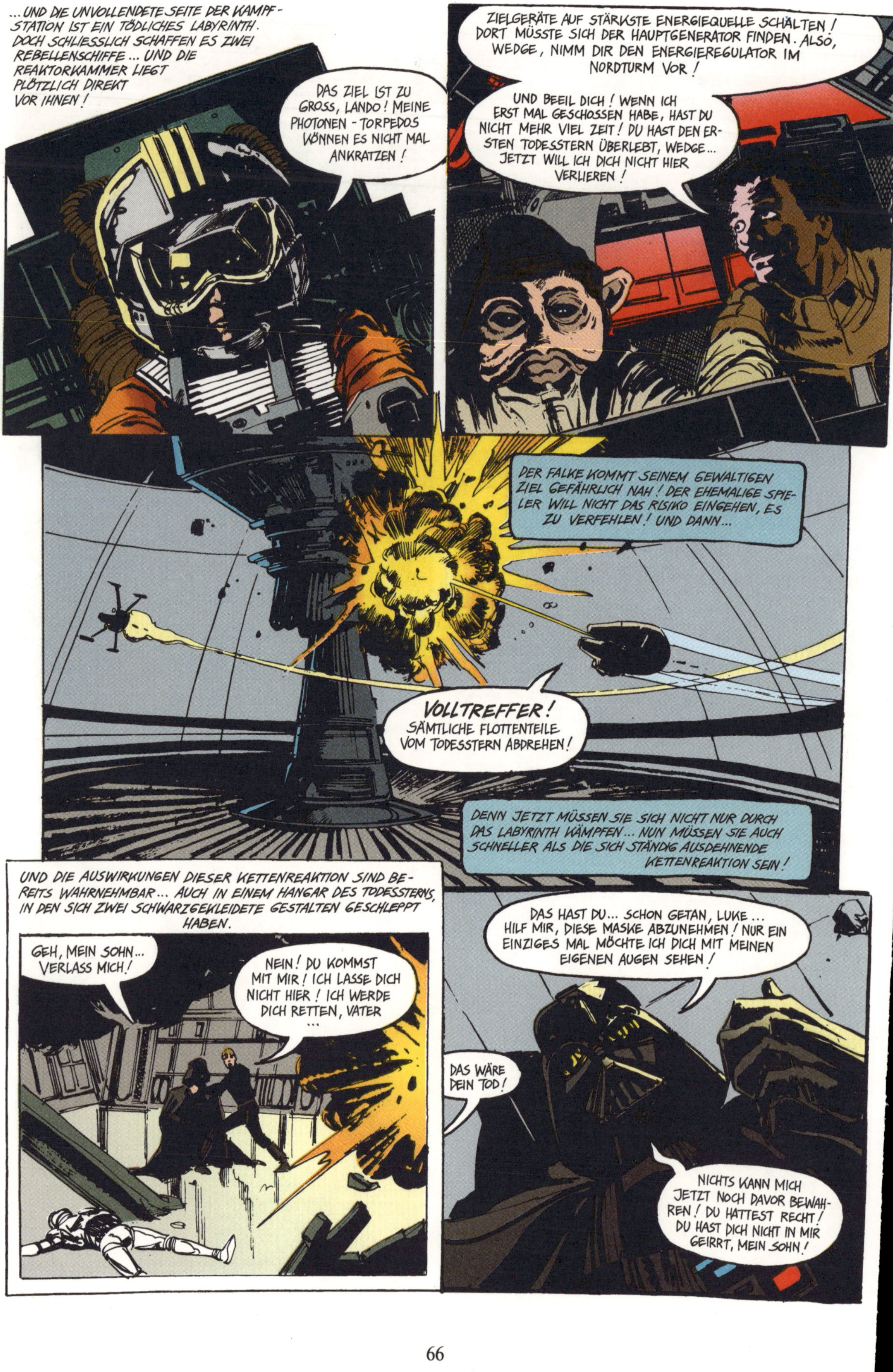
...UND DIE UNVOLLENDETE SEITE DER KAMPFSTATION IST EIN TÖDLICHES LABYRINTH. DOCH SCHLIESSLICH SCHAFFEN ES ZWEI REBELLENSCHIFFE ... UND DIE REAKTORKAMMER LIEGT PLÖTZLICH DIREKT VOR IHNEN!
DAS ZIEL IST ZU GROSS, LANDO! MEINE PHOTONEN-TORPEDOS KÖNNEN ES NICHT MAL ANKRATZEN!
ZIELGERÄTE AUF STÄRKSTE ENERGIEQUELLE SCHALTEN! DORT MÜSSTE SICH DER HAUPTGENERATOR FINDEN. ALSO, WEDGE, NIMM DIR DEN ENERGIEREGULATOR IM NORDTURM VOR!
UND BEEIL DICH! WENN ICH ERST MAL GESCHOSSEN HABE, HAST DU NICHT MEHR VIEL ZEIT! DU HAST DEN ERSTEN TODESSTERN ÜBERLEBT, WEDGE... JETZT WILL ICH DICH NICHT HIER VERLIEREN!
DER FALKE KOMMT SEINEM GEWALTIGEN ZIEL GEFÄHRLICH NAH! DER EHEMALIGE SPIELER WILL NICHT DAS RISIKO EINGEHEN, ES ZU VERFEHLEN! UND DANN...
VOLLTREFFER! SÄMTLICHE FLOTTENTEILE VOM TODESSTERN ABDREHEN!
DENN JETZT MÜSSEN SIE SICH NICHT NUR DURCH DAS LABYRINTH KÄMPFEN... NUN MÜSSEN SIE AUCH SCHNELLER ALS DIE SICH STÄNDIG AUSDEHNENDE KETTENREAKTION SEIN!
UND DIE AUSWIRKUNGEN DIESER KETTENREAKTION SIND BEREITS WAHRNEHMBAR... AUCH IN EINEM HANGAR DES TODESSTERNS, IN DEN SICH ZWEI SCHWARZGEKLEIDETE GESTALTEN GESCHLEPPT HABEN.
GEH, MEIN SOHN... VERLASS MICH!
NEIN! DU KOMMST MIT MIR! ICH LASSE DICH NICHT HIER! ICH WERDE DICH RETTEN, VATER ...
DAS HAST DU... SCHON GETAN, LUKE... HILF MIR, DIESE MASKE ABZUNEHMEN! NUR EIN EINZIGES MAL MÖCHTE ICH DICH MIT MEINEN EIGENEN AUGEN SEHEN!
DAS WÄRE DEIN TOD!
NICHTS KANN MICH JETZT NOCH DAVOR BEWAHREN! DU HATTEST RECHT! DU HAST DICH NICHT IN MIR GEIRRT, MEIN SOHN!

LANGSAM, ZÖGERND, GEHORCHT LUKE ... UND SCHAUT AUF EIN GESICHT HINAB, DAS SICH TROTZ BLÄULICHER NARBEN SEINE MENSCHLICHKEIT BEWAHRT HAT. DAS MONSTRÖSE BÖSE IST GEWICHEN ... DOCH DER PREIS DAFÜR WAR HOCH!
SAG ... DEINER SCHWESTER ... DASS DU ... RECHT HATTEST!
UND DARTH VADER ... ANAKIN SKYWALKER ... LUKES VATER ... STIRBT.
STARR WENDET DER LETZTE JEDI SICH AB ... VERSCHWINDET IN DEM FEUER UND RAUCH ZWISCHEN IHM UND EINEM IMPERIALEN JAGDGLEITER.
SEKUNDEN SPÄTER ... EXPLODIERT DER TODESSTERN! DER GRÖSSTE TEIL DER IMPERIALEN FLOTTE ... JA, DIE FLOTTE SELBST ... GEHT MIT IHM UNTER. FAST ALLE SCHIFFE WERDEN VERNICHTET ...
... BIS AUF EINIGE WENIGE, DENEN DIE FLUCHT GELINGT, BEVOR DER TODESSTERN WIE EINE NOVA AUFLEUCHTET.

NACHT AUF ENDOR! IM DORF DER EWOKS LODERT ALS MITTELPUNKT EINER AUSGELASSENEN FEIER EIN GROSSES FREUDENFEUER, AN DESSEN WÄRME SICH DIE REBELLEN UND IHRE VERBÜNDETEN ERFREUEN.
ÜBERALL MUSIK UND GELÄCHTER.
VERGANGENE FEINDSCHAFT UND MISSVERSTÄNDNISSE SIND VERGESSEN.
ALS EIN KRIEGER NACH DEM ANDEREN ZURÜCKKEHRT, BEGRÜSSEN SICH ALTE FREUNDE...
... SOGAR DIE, DIE SCHON ALS VERLOREN GALTEN.
UND WENN SPÄTER, ALS DIE FESTLICHKEITEN IMMER AUSGELASSENER WERDEN, EINER VON IHNEN VIELLEICHT ABSEITS STEHT UND VON EINEM WISSEN HEIMGESUCHT WIRD, DAS DIE ANDEREN NICHT EINMAL ERAHNEN KÖNNEN...
...IST ER TROTZDEM NICHT ALLEIN.
JEMAND ERGREIFT SEINEN ARM, ZIEHT IHN ZU SICH UND DEN ANDEREN ZURÜCK...
...ZURÜCK IN DEN KREIS DER WÄRME UND LIEBE.